푸른
시인선
016

# 사마귀의 이력 하나

남영희 시집

푸른사상
PRUNSASANG

푸른시인선 016

# 사마귀의 이력 하나

초판 1쇄 인쇄 · 2018년 12월  1일
초판 1쇄 발행 · 2018년 12월 10일

지은이 · 남영희
펴낸이 · 한봉숙
펴낸곳 · 푸른사상사

편집 · 지순이 | 교정 · 김수란
등록 · 1999년 7월 8일 제2-2876호
주소 · 경기도 파주시 회동길 337-16(서패동 470-6)
대표전화 · 031) 955-9111(2) | 팩시밀리 · 031) 955-9114
이메일 · prun21c@hanmail.net
홈페이지 · http://www.prun21c.com

ISBN 979-11-308-1392-9   03810
값 9,500원

사마귀의 이력 하나

삶이 맞닿고 삶이 뒤섞인 곳에서 나는
공한지였고, 그러기를 원했고
아직 몰두하지 않다가
그로 형체 없는 시인이라 한다.

나를 측량할수록 가능하지 않아

다시금 기다릴 수 있는 기회가 있다.
이 요탕(搖蕩)의 맛!

―시의 우주에서 다음의 나도 만나는 거다.

2018년 겨울

남영희

## 제2부

| 차례 |

제4부

제
1
부

# 아침

청순한
　　얼굴, 더 청순해지려는
　　　　그


나는
　　유리에 낀 얼룩 몇 점
　　　닦아냈다.

# 아침의 사상

여름은 지나갔고 장마가 지나갔고 동굴 안은 축축했다. 하룻밤 출산의 경험으로 내가 가진 전부를 내놓았다.

거실엔 무채색 꽃병이 어울려 처지고 시든 후의 꽃이 다시 필 때까지, 지금 나에겐 부재라는 주제가 어울리고 내 소지품들이 외롭다.

가을이 지나갔고 낙엽이 지나갔다. 동굴 안은 침묵했다. 박쥐가 살아내려고 눈을 반짝였다. 낙엽 밑에 숨어 있던 내가 잠시 몽환적 꿈에서 깨어나더라도 예쁘게 봐줘!

시를 읽으며 내 양식의 맞춤법을 수정하는 내가 기특해, 몰두하며 나의 신의를 쌓는 것.

벽에 걸린 아침이 오늘을 거듭하다. 나는 자꾸만 손꼽고 싶어. 없는 아인데도, 태봉의 숫자가 자꾸 늘어. 그대와 내가 사랑을 하고도 없어지는 것을 막아라. 여덟 번째 아이는 아홉 번째 아이를 위한 선 의식이고.

겨울은 지나갔고 태풍은 가버렸고 동굴 안은 고요했다. 꽁꽁 언 몸의 사슬이 풀리듯 부드러이 시간은 흘러가고

나는 지루하지 않으며, 거기에 아무것도 예측이 안 되는
날에도 불길하지 않다.

(빌라 입구의 통로는 막히지 않았고, 나는 마트에서 작은
종을 사다 문에 달아놓았다)

봄은 지나가지 않았고, 나비와 잠자리는 무작정 떠나지 않
았고

동굴 안은 반짝였다. 거기 깊숙이 스탠드가 켜져 있다.

# 내가 읽고 있다

뚝, 바닥에 자목련 꽃이 떨어졌습니다
그때 나는 생각했습니다
그 몸과 마음은 하나였을까?
몸과 마음은 무거웠을까? 가벼웠을까?
그의 방 서랍장 두 번째 칸쯤에 유서 한 장 넣어놓았을까?
그것을 누가 읽어주기를 원했고
지금쯤 누가 읽고 있을까?
그의 지붕엔 박꽃이 피었을까?
그 위로 비행기가 날았을까?
마지막 식사는 누구와 했을까?
그의 마지막엔 누가 배웅하고 있었을까?
그의 마지막 미소
내가 닮을 수 있을지
(하나의 생명이 죽음으로 가는데, 그 생 말 못 할 고통, 아
쉬움과 후회들)
나는 알아, 나도 그랬어
사랑이 있었기에 꽃피울 수 있다는 것.
그대를 보는데 소녀가 있고
그대를 보는데 여인이 있습니다

바람 부는 데로 걷다 바람에 멈추었는데

자연히 일어나는 일인가요

그대가 떨어져 먹먹함을,

그래서 잠시 고요했군요

한 번쯤 우리 살아봤듯이

한 번쯤 우리 죽음에 대해서도 관대해지기로 해요

그대가 말하듯,

그래요 지금은 나의 눈이 반짝이니

그대 그리움은

내가 지니고 가겠습니다

# 숨의 노래

나의 생가, 그것을 불러도 될까?
감꽃을 줍던 날과 눈 온 아침이 생각나네!

그것을 나는 사랑할 수도 없이 먼 날 먼 곳에 와 있지 하
지만 없는 동안에도 잊으려 한 게 아니라 절로 잊히듯 안 잊
히듯 내가 먹은 감꽃이 없다 그 감나무는 살아 있을까?

도시 골목엔 어둠이 내리고 내가 좋아하는 것은 어느 손에
도 없다(고향 냄새 없는 밥을 단출하게 먹고, 고향 냄새 없는
수돗물로 머리를 감고)
어디에 있어도 괜찮지만 어디에 있어도 괜찮지 않은 것과
차이는 크다

어디니 이제, 아무리
지루한 낮이다. 먼 밖은 먼 밖이어서 새는 오지 않아도 그만
인데, 조상이 있는 무덤가의 풀이 내 눈과 귀를 간지럽힌다.

"어디다 똥을 쌀 것이냐고?" 무리의 사람들이 참견하듯 손
짓하고 꿈속 나는 여기저기 나의 똥을 놓고 다닌다

날개를 펴든 안 펴든 꿈은 차이가 없다

어디니 이제, 아무리
지루한 도시 한쪽에서 부는 바람이 한쪽에 뿌리를 두고 있
다는 것이
미덥다, 좋다 다행이다 나는

# 레몬

내 생의 전부가 시라 한다
정말 그런가, 확인하기 위해서도 쓰고 쓰고 싶어서도 쓰고
쓰지 않으려 해도
내게 찾아와서 쓰고 쓰고 하며

많은 시간이 강에 던져졌다 던져진 시간만큼 이제 오지 않
으리라는 것을 알면서도
별은 날마다 하늘을 수놓는다

그렇죠. 우리에겐 비유란 좋은 것 또는 나쁜 것 그런 소란
을 받아들이며
아, 그래서 강샘을 부렸구나!
(시가, 그게 하찮게 하찮은 것이라고, 그렇게 내 귀에 들리
더라고)

식탁 위에 예쁜 접시를 놓고 레몬의 혀끝과 혀끝, 괜찮아
우리
곧 밤이 되므로
붉은 꽃 나염 치마 속으로 들어가

나를 한 번도 가지지 않은 만큼의 '가져봐' 내가 네 차례였
으면 좋겠어
나는 당신의 취향? 너는 내 애인?

나는 공상일 때가 훨씬 자유스러워, 체험을 넣으려면 그것은
무거운 지배력. 점점 쾌락 같은 슬픔이거나
점점 슬픔 같은 쾌락이거나

(함정이라며! 언제는 우리 친하잖아 그래서 안 친해도 되
는) 더러는 그게
이별보다 교묘한 게

그러나 다행이다 괜찮다 처음부터 확신이 아니었으니
당신은 쉽게 오지 않기 때문에 쉽게 생각하지 않는 편이
오히려 홀가분해져서 좋다

아무 일도 없었다 나보다 먼저 문을 여는 착한 사내의 가
게에
레몬의 당신! 당신의 레몬!

당신과 나는

같은 부류에 들지 않는 방식으로 나를 유혹하지, 그건 행운이라고도 하지

그럴 수 없는 날도 그럴 수 있는 거라 하지.

# 동반적 그리움

그대 문명의 속도를 맞추지 못해서 그렇게 뒤처지고 멀어져
그리운 채로 사(死)하는 일
과거에 섞여 떠나버리는 일(더 쉽게, 그립지 말자면서도
그것은 상투적이라고 하면서도
완전히 버릴 수 있는 단어는 아니어서)
가치 있는 인간과 가치 있는 그리움이 같은 운명이라고도
할 수도 없고,
단수였다가 복수였다가 그리움 그건 말장난보다도 심한
뒤틀림이란 말이지
너의 문장 앞에 어떤 표지가 어울릴까?
애틋한 추억 또는 애써 참지 않아도 참기 위해 모아둔 노
트들. 돌려주지도 못하고 돌아가지도 못하는 시간
길모퉁이에 아무렇지도 않게, 죽어버려 내가 지나도 모를
무심한 그런 물체들, 무감각으로 살아내면서
지금보다 미래는 더 심각할까?
그러나 내치지도 결론 내지도 말아야. 그리움은 사소할수
록 더 애잔하지
사소한 기억이라 해도
같이, 같이 또 있겠다면 그 근거로 책임지라고 할 수도 없
는 것 아닌가.

# 합일

'오늘 누군가 찾아왔어.
'오늘 누군가 찾아오지 않았어'가 지워진다

너와 내가 품어야 할 숙제들
너와 내가 발을 맞대고
얼굴을 맞대고

첫 축배와 마지막 축배의
구분 없이

해바라기가 씨앗을 만든다
(질투는 금물)

꿈꾸는 시간과 꿈꾸지 않은 시간이
서로를 부둥켜안고
현실이 완전한 합일이란다

이렇게 오는 것이군
너와 내가

이별 밖의 언약을 하는 날이다

내가
너의 당신이라는
본뜬 가슴에 안겨

그렇게 하면 묶어두기에 편한가

오늘 밖의 누군가 오늘이 되는 거다
내일은 지워져도
영원한 오늘이 되는 거란다

너의 신념은 나보다 더 울적했구나
(밤을 닦으며)

'오늘 누군가 다녀갔어.'
'오늘 누군가 다녀가지 않았어'가 지워진다.

# 그녀, 백합

거리를 헤매는 것은 꽃이어도 좋은데 꽃이 아니고
그녀이어도 좋은데 그녀가 아닐지도 몰라

많이도 가슴 멍울져 살면 그 멍울이 나라고 착각하기도 하고
반짝이는 머리핀에 괜한 저주를 퍼붓게도 되지

그러니 어쩔래
  *과거를 심을래? 과거를 파버릴래?*
그러니 어쩔래
  *꽃을 심을래? 꽃을 파버릴래?*

죽은 과거는 아무 소용이 없는 거래
죽은 씨앗은 더 소용이 없는 거래

사람이 왔고 백합은 벌써 왔고
사람이 갔고 백합은 벌써 갔고

더 유리한 것은 없을지도 몰라.

그러니 어쩔래

　　*한 번은 울고 한 번은 슬퍼질래?*

그러니 어쩔래

　　*한 번은 웃고 한 번은 기뻐질래?*


다시 보니 이처럼 쉬운 선택지도 없는데,

다시 보니 이토록 어려운 선택지고는 말이다.

# 검푸른 발들이 쏟아진다

아, 꽃병의 양수가 말라버렸고
꽃의 향기는 자취를 감추었고, 또 다른 삼인칭인
내가, 등에서 태어난 마침표를 업고
거룩한 아이가 잉크의 맨바닥으로 내려가 속삭였다
"나를 버리지 마"
"나를 잊지 마"라고
너의 점액질이 내 소맷자락을 적신다.
그런 사내와 여자가 자신을 낳은 당황으로 하나씩
무덤이 생긴다
(거기에 희망 사항, 우리의 문법이 비문(碑文)이 되지 않도록)
너의 본능은 나의 내면에서 불어온다
그 안의 눈물이 고였다, 메말랐다 이질감 또는
두려움의 대상이다.
로즈마리 화분 옆에 고양이가 앉아 자세를 취하고 있다
잘 어울려? 고개를 갸웃해 보는데, 그런
혼잣말들이
온화한 달을 흠모하면서 하루가 흘러간다
나는 타인처럼 순결하고 착하다, 나의 운문이 보답하려는데
검푸른 발들이 쏟아진다

(채워진 잉크가 아, 이렇게 닳는 거였구나)

골목에서 들리는

고양이 울음, 그 곡조의 비애를 재활용 봉투에 버리고 나면

나중 핀 잎사귀의 아빠는 말이 없다

새날 새엄마는 돌아오지 않고 있다

온종일 빈 우편함에서

기다린다, 잎이 지는

날에도 꽃이 지워지지 않았다.

# 시(詩)의 계몽

우리는 살기 위해서였을 거야 표정 없이도
그래서 행복했다기보다
더 불행하지 않기 위해서 말이지

구름이 침대 위를 구르며 열린 창문으로
누구의 정물을 볼 수 있을까? 나는 아프지 않다
나는 울지 않는다

그것이 끝내 연민이 돼버리면서……

너는 매일 나에게 침입하고 나를 차지하는데
나는 연약한 상상 또는 자신감을 잃어가면서도
멀어져도 괜찮다 하면서

그대와 나의 모순이 심장을 울컥거리게 하는

아침의 냄새가 나는 노란 치즈 가루를 뿌려 건포도를 넣은
식빵과 따뜻한 커피와
나는 무채색의 우울한 신분이어서

종일 울 수도 있는데, 울지 않기 위해 목숨을 담보하고
간간이 자리를 피하기도 하지

태양 뒤편에서 점성술을 배우고 싶다가
복숭아밭을 지나는데, 오늘 죽음을 맞은 이는
복숭아나무 아래
무덤을 가지는 것, 그 앞에 소주를 놓고는 절하지

해 질 녘 구름이 구릉을 넘고 또 넘는다.

저녁의 냄새를, 과일 샐러드에
요구르트를 넣어
새로운 자아가 생기면 성실히 자아를 찬양하며

내 붉은 희망, 내 붉은 슈트의 감각

서로 다른 장소 서로 다른 시차
한껏 반사되는
풍부한 유산처럼, 저것

그대와 내가 살기 위해서였을 거야

내가 사는 시간과 다른 저 버들잎 사이.

# 그 후에도 사람들은 캐럴을 불렀다

하늘에서 눈이 펑펑 내린다
눈송이에 밟혀 길을 잃고 말았다
발자국이 지워졌다

내가 눈 속으로 걸어 들어가 내가 없어지고 말았다

하늘에서 눈이 펑펑 내린다
눈이 지워지면 그 위에 다시 눈이 내린다
눈의 천지다

사람들은 눈이라고 말했다 나도 눈이라고 말했다

그 후에도 사람들은 눈길을 걸었고
그 후에도 사람들은 눈의 무덤을 만들었고

# 요일로 간다

우리는 요일에서 와서 요일로 간다

―생명은 아파서나 늙어서 죽는 것이 아니고 자신이 좋아
하는 요일을 잊어서 그런 거라고,

그냥 이 말이
하고
싶어졌다 어느 목요일 나는

# 여름 별자리

은하수 숲에 숨어 있는
화살자리(Sagitta), 그가 다시 오지 않기로 합니다

처음부터 오지 않는 사주였는지, 떠난 화살은 오지 않습니다
한 해 여름을 짧게 물들인 후, 어두운 밤하늘에
제 눈을 기증하나 봅니다.

아이는 자라면서 유독 나무를 많이 그립니다
그 숲엔 무엇이 살길래
하지만 실컷 우겨보라고, 지켜보기로 해요

도화지에 나무들은 끊임없이 심어집니다

　　색깔과 모양을 가지는 일입니다
　　별이 뿌려댄 숲, 열매가 맺히고
　　아이는 자라 성숙해졌습니다

늙은 별자리가 죽고, 안타까운 건
아버지의 유전자를 나는

스케치북에 남기지를 못했습니다

　　당신과 내가 가고 있는 곳에
　　당신과 내가 없었던 탓이겠지요

계절이 불치병을 앓듯 별도 불치의 병을 앓나 봅니다
늙은 아이가 가까이 갈라치면
나무숲이 암전되기도 합니다

지상의 것들, 모두 땀에 몸이 축축이 젖었는데
어딘들 다를까요?
밤이 흐르고 별이 반짝입니다

　　그 증명을 뒀으니, 별을 잃고도 울지 않겠습니다
　　나는
　　하늘을 더 마음껏 바라볼 겁니다.

# 아들을 위한 송가(頌歌)

〈몽중(夢中)〉

"당신의 아들이 찾아왔었습니다."

"아, 아들이요."

"아들이 잘생긴 청년이었습니다."

"예, 그렇죠. 잘생겼죠."

"만나지 못해 허전하시죠?"

"그래요. 그러면서도 기뻐요 아주 기뻐요."

"무척 궁금했군요."

"그렇죠. 몇백 년이 흐른 후에도 나를 잊지 않고 찾았다니요."

"마음이 짠하시군요."

"예. 그간 결혼은 했는지 자식은 몇 두었는지 무척 궁금하네요."

"다시 찾아오면 물어보시죠."

"그래요. 그런데 다시 올까요? (오겠지요)"

"이 설원은 계속 흐르고 있습니다."

"그렇군요. 흘러오고 또 흘러가는군요."

"설원이 눈부시게 반짝입니다."

"예. 정말 눈부시도록 반짝이는군요."

　"계속 그렇게 저쪽만 바라보시는군요."

"그래요. 자꾸 바라봐지네요."

　"다시 올 테지요."

"그럴까요? 하얀 대문을 늘 열어두려고요."

　"인정스러운 아들이었군요."

"그래요. 아들 생각에 가슴이 울컥거리고 마음이 짠합니다."

　"아들을 사랑하는군요."

"아주 몹시도 사랑하죠."

　"후생에도 참 좋은 사이겠군요."

"예."

　"꼭 그럴 것 같습니다."


"고맙습니다. 당신은 참 친절한 분이군요."

제
2
부

# 나를 두들겨라, 브레히트*여!

브레히트 시를 읽다

책장에 꽂아두고 나가

나는 정육점에서 돼지고기를 산다

얼마큼의 무게, 그 값을 지급하고

내 육체에 감각을 보태는 일, 시를 대신한

정육점 사내의 손이

허기를 해결하랴,

살진 돼지의 슬픔을 해결하랴

내 순정의 입맛을 다스리랴

첫 시작이 부정적으로 시작한다 해서

두려워 마라

순결은 부정을 저지르고

부정은 울지 않기 위해 고기를 굽는다

내게 우아한 즐거움,

곁엔 와인 병이 두 개

그렇게 매료된 온전한 시를 위하여

긍정도 부정도 하나가 된다

브레히트여! 나를 두들겨라

당신의 손이

불결한 태양을 문지르는

그로 우리는

삶은 처절하여도

맛은 처절하지 않아!

당신과 나의 암호는 가벼운 미소이거나

슬픈 미소에

감춰질 수도 있고, 그 자체일 수도 있다

당신의 주인은 나의 주인

지금 모르더라도, 그 모르게

고백 중이거나

손가락엔 와인 맛의 달콤한 사슬을 감고

포도 숲의 만개한

달이거나, 또 다른 생물이거나

좋아요

당신과 만남은 좋아요

당신의 시를 탐독하다

신선함의 매료된 지배이거나

난해한 시의 탈출구에서

설마 성별이 바뀌는 건 아니겠지요.

당신의 식단을 꾸리는 일
아, 당신의
고통, 청춘의 죽음
육신의 매캐한 풀 무덤
나의 허기
한 칸 더 올려져

나를 두들겨라, 브레히트여.


* 브레히트 : 독일의 시인

# 물방울 고문

1

뚝

뚝

뚝

뚝

뚝

뚝

뚝

뚝

뚝

뚝

2

사람들이 죽었다 사람들이 더, 더 죽었다
슈타지 감옥*의 물방울

고문

3

*나는 나를 드로잉한다 물방울 하나 떨어진 곳, 폭발한다
내 심장이다*

* 독일 베를린에 있는 감옥. 2차 대전 직후에는 소련군에 의한 전쟁
  포로 수용 시설로 그리고 동독 정부 수립 이후에 슈타지 감옥이
  되었다고 한다. 1961년 지하감옥 폐쇄.

# 내 오랫동안 파왔다

나는 땅을 판다
파고 또 판다

그런데 구석구석 드러나고도
바닥은 위로
떠 있었다.

내 오랫동안 파왔다
파고 또 판다

그런데 아무리 깊이 파 들어가도
아침은 위로
떠 있었다.

언제 내가 계단을 올랐나 싶게
아래로부터
내가 낙오되지 않았다

내 오랫동안 파왔다

파고 또 판다

그런데 아무리 오래 파 들어가도
나는 위로
떠 있었다.

# 풀

초록 수건으로
땀을 닦게

일꾼이여!
가난한 자여!

나를 입속에 넣게
그것을 뱉으라고 누가
매질하더라도
꼭 물고 있게

그러다 보면 즙이 절로
몸 안으로
흘러가

당신이 잠긴 나라가
나의 나라야

나의 피와 희망은

하나이며,

나는 당신을
첫사랑이라 적어두지

손가락에 풀 반지
목에 풀 목걸이
그렇게 맺어진
내 사주는 지워지지 않아

일꾼이여!
가난한 자여!

식은땀을 닦게
초록 수건으로

# 불완전한 시선 혹은

이해, 기울어지는 걸 원하지 않기 때문에 지구가 돌고 있는 것이다

이미 기울어진 것들은 모서리를 빼버리고 내가 만난 이들이 왜 보이지 않는가
그 모서리에 삐죽 나온 옷자락이 잘려 찾을 수 없구나!

지구의 바닥에 붙어 가고 있는 것들, 보상을 바랄 순 없어도 지상을 저주하지 않기를 바라
아침에 길을 나섰는데, 저녁에 닿아 있는 기분 아무 일도 없었던 일이 아닌데
오히려 차분해지는 이 공존의 사색에 대해

그대와 나를 합쳐 평균율을 셈하자 하는데, 삐~뽀~삐~뽀 구급차가 사이렌 울리며 간다

우리에게 진통의 한계란 촉박의 무게이기도 하고 일방적이기도 하고
수평이 되지 않아

수평을 문지르며, 말 많은 사람이 말 없는 자를 때린다. 그
건 아닌데도
　습관처럼 아니지 않기란 어렵다


　둥근 몸속 상처가 있다. 밝은 날도 어두운 날도
　아픔이 있는
　나를, 이해하는 부분들이 써보지도 못하고 다음 날
　사라지고, 어느 부분은
　웅덩이에 빠져 헤어나지 못하네!


　새해가 뜨는 달력에 동그라미를 치고 숲, 동물상 그 축복
의 엽서에 그림을 그리는데,
　'너는 못생긴 게 죄야, 착한 게 죄야'
　한 여인과 또 한 여인이 같은 문장을 가졌네!


　누가 나에게 보상을 해달라는 애잔한 눈빛, 그러나 무엇으
로든 할 수 없는
　죽은 시간. 어미가 때릴 때마다 나처럼 억울함이 바닥에
뒹굴다

지구 밑바닥으로 딸려가는 것을 보았다

따닥따닥 모래알처럼, 시간의 반대편에선 기억되지 않는 것들이 나의 흔적이라고, 하기에 고개를 젓곤 하지

그 증명을 하려 해도 가질 수 없다며, 사유한 죽음이 찾을 수 없는 이야기를 하는 건, 그 낭비의
　시간 속에 무엇이 더 자랄지는

결국 타인과 나는 한통속의 방관자일 수도, 꽃도 낙원을 떠나온 이곳에서

딱딱한 돌처럼, 2년 후의 8월에도 그다음 해의 11월에도 같은 길인데 다른 현상의 목록들
　의문이 만들어질수록 자신의 견해는 흩어지지

때로 아무 흔적도 없이 서 있는 나는 누구인가? 미치듯 몰 입하며 살아야 하는데,
　아직 내게 어울리는 보어(補語)를 챙기지 못했다

생각했던 것보다 나라는 인간이 나약하다
달이 미약한 주정꾼으로 보인다


나의 신분에 대한 예의
나날이 쌓은 물음일 수도 그 진실은 일부가 모르거나, 냉
혹하거나 그 진실은 여전히
전부가 어렵다거나, 나의 분별을 찾지 못해


밤이면 몸을 씻고 비눗방울 촉촉이 목도리를 감고서
내가 슬퍼하기 전에 떠난


나의 목들아 사랑한다
사랑할 수 없기에도 사랑한다
                              고, 지구의 밑바닥을 향
해 외쳤어!


아, 천칭 저울이 나의 지능지수가 절름발이에 접근 불가한
최소한의 정점에서
(걸음마를 배우는 맑은 아기의 정신세계는 나와는 별개의

우주)

   아가야 하나면 됐는데, 또 하나 그리고 또 하나 셋이서(아
무 말도 없이)
   나를 근심하게는 하지 말아

   한편으론 그건 꿈이라도 내겐 벅차
   언제든 기울어지는 걸 원하지 않기 때문에 가끔은 내가 중
심이 되나 보다

   달콤한 사과가 반사되는 아침을 개가 핥고 지나간 자리

   저물녘엔 그림자 하나둘 하천으로 버려지고
   일몰은 어떻게 처리될지 모를 일이다

   수선화는 이미 물속에 있었고
   전혀 모르는 사람이 아는 사람처럼 좋아지는 것, 모두가
   기울어지는 걸 원하지 않기 때문에

   밤에도 지구가 돌고 있는 것이다.

# 무거운 돌

그가 나에게 무거운 돌을 얹은 후,

나는 한참을 그에 눌려 누워 있었다
그의 노동도 무거웠나 보다

그는 잠 속에서도 내내
무거운 노동을 했나 보다.

# 알고리즘

하나에 하나를 더하면
울지 못해서 우는 것과
말하지 못해서 말하는 것이 다정한 짝이 되나요?
그의 얼굴과 나의 얼굴이 얼마만큼 착하면
얼굴에 반점이 안 생기나요?
그리웠어요, 그 말은 누가 만들어야 더 효과적인가요?
오래전부터 나의 작은 체구에 만삭의
풍선 주머니를 달고 있어요
그냥 한 번씩 떨려요
내 속눈썹 하나씩 빼가듯 해요
밤에는 별이 점자처럼 생겨나요
이것을 미리 알고 있었던 사람은 있었다 해도, 없네요
영영, 진짜 영영일까요?
한 번은 보고 싶은데,
언제이든 죽은 하루가 이상하지 않고 조금 더 살아 있어도
전혀 이상하지 않고
계속 살아, 더 커지는 그림자를 사랑하고, 사랑하고
이런 것 말이죠
그런데도 아직 아무 일도 일어나지 않는다
나를 낳고도 더 많은 날이 흘렀는데
나를 낳고도 더 많은 날이
월식에 감긴 목도리를 풀지 못한다

어쩌란 말인가.

(더는 내 삶의 비평이 기다려지지 않은 것이 돼버리는)

야속히도 무디어지는

현상, 곧 잊힐 꿈과 무엇을 바꾸지?

부정적인 말,

너와 내가 흔들리는 시야(얼마 전 새 안경을 맞췄건만)

너의 무의식이나

나의 무의미나 같은 종류라 한다

아직도 나를 모르는 월경 속 사내는

남은 문장은 읽을 수 있을지?

한데도 그가 온다는 일시는 정해지지 않았다

내가 새벽 3시의 심장을 누르고 선

다시 악몽 속으로 빠져드는 거와 같다

그 후의 무기력함은

무의미의 앞 단계

나쁜 날씨를 없애주세요

내 시폰 치마 끝을 물고 흰 물새가 날갯짓하며 날아갔어요


그러므로

　　나와 당신의 아이는 무슨 죄?

　　내 생계의 사랑은 그저 그런 것일 뿐이라 해도

# 마네킹 일지

나는 거리를 꿈꾸지
내 진심은 유효한데…… 라며
충실한 고백이 될 수 있을까?

여지는 남자를 버리고
남자는 여자를 버리고 또 버리고 구하고

착한 애정이 애정을 버리고
또 버리고 구하고
착한 애정이 내 손끝에서 만져진다

우리는 많이 외로웠네!
거리에서 고아가 된 날, 다시 그럴지도 몰라

그럴 때마다 나는 화장을 하고
작약 빛깔의 입술 색이 묻어난다

내가 잃은 것들의 사유로
내일 잃음의
가설을 만들지 않을 테니

포장마차의 닭고기 꼬치를 뺏어 먹지

마, 그 핑계로
나의 시스루를 들여다보지도 마, 속이 비쳐나지
그것이 함정이 되는 일도 쉽다

우리 서로
당신일 수 있을까? 라는 질문을 만들어내지
못하더라도

무의식의 단어, 슬픔의 단어
이해하지 못할, 그렇게
한정 지은 사람들도 꽤 될걸, 그런 거더라고

나에 대한 이력도
그와 그들의 호기심인 것도

그랬어, 다음 블록에서도 내가 가고 있다
─저기 한 남자가 제과점에 들어간다

여전히 내 진심은 유효한데…… 라며

작약 빛깔의 입술 색이 오후에도 묻어난다.

# 그녀의 환상통

그래서
둘과 하나의 차이는 뭔데?

여자는 사는 기술 하나씩이 파괴된다

낮과 밤이 널빤지를 두르고 울타리를 친다

취향이 다른 그 다름이 뭔데?

그냥 삶 하나면 되지
그 삶 하나가 뭔데?

감히 나는 짐작할 수 없으면서

하물며 구멍 송송 뚫린 비스킷을 보며
웃는

그런 일상의 것이 아니면서

내가 증오하지 않는
시가

완성될 때까지, 언어는 떨렸다

혓바늘이 돋는다

나는 나의 회색 벽을 허물고 싶다
그래서

견뎌보라고! 분홍 립스틱을 발라

분홍 립스틱, 바를게, 발라

어울리지 않지만 너무도 가엽게도
어울리게

초록 하늘에 바람이 분다

내 편도 네 편도 아니면 더 자유로울까

공평한 삶이시여!

(때로 사소한 것도 불행이라고)

나팔꽃이 잎을 펼치지 못한다

젖은 마당 그런 세계이
거룩한 체벌,

그림자의 비명은 늘 그런 식이다

나의 초상화는 가치가 없다

그런 연약함이

사람들이 꿈꾸는 시간에 사람들이 떠난다
그래서

있다 없다, 의 차이는 뭔데?

*시가 시를 죽이고*
*시가 시를 낳는다*

# 다시, 마리 파라*

　나는 당신의 방에 꽃무늬 벽지를 바르고 당신의 변소를 새롭게 꾸미고 집 안 곳곳에 라벤더 화분을 놓습니다

　어리지만 어리지 않은 당신의 영혼을 위해, 그리고 환생을 위해

　당신의 죄를 보며 당신의 죄가 아니기를 바랐고, 당신의 순진한 고통에서 강박을 버리려 합니다

　아프지 않은 법과 죽지 않는 법은 늘 절벽에서의 구원처럼 어렵지. 어렵지만

　나는 당신과 같은 시대의 여자가 아니라 한 발짝 더 들어가기도 하고 물러서서 보기도 합니다
　나는 당신의 슬픔을 읽으며

　절망의 무게를 가늠해보는데, 더욱이 미혼모의 무거운 짐까지, 그것을 재는 큰 저울이 세상에 있을까? 아마 없을 것 같습니다

당신에게 기도 하나를 전한다면, 다음 생엔 어머니가 있고 형제가 있는 유복한 그녀이기를,
　마리 파라!

　쇠가 있는 날은 죄가 아니며 이제 아름다운 날은 아름다운 날입니다

　폭신폭신한 거실화를 신고 당신의 집이라 믿는 곳, 아프고 힘든 진술을 빼버리고
　여자와 자식을 두고 도망가지 않는 착한 남자를 만나, 사랑하는 사랑이 되기를―

　나는 흰 접시에 오렌지를 놓아둡니다
　여자의 어두운 방에 스탠드를 켜고 여자의 밝은 방아
　안녕!

　당신이 낳은 시, 첫날밤 낳은 아이는 고귀하다
　둘째 날 밤 셋째 날 밤…… 낳은 아이도 고귀하다
　안녕!

밤 10시에 나는 커피를 마신다 라벤더 향이 어우러진
다 죄가 씻겨 내려진다.

* 마리 파라 : 독일 시인 베르톨트 브레히트가 쓴 시 「영아 살해범
  마리 파라에 대하여」에 나오는 주인공.

# 저쪽 그녀

저쪽 그녀는 내가 아닌데 나 같고
이쪽 그녀는 나인데 내가 아닌, 그녀와 그녀는

환상일까? 쌍둥이일까?
전혀 모르는 사람일까? 아니면 엄마가 낳고도 잃어버린
세상일까? 도통 모르겠는데
그녀와 그녀는 산다

내 손금을 보면 어수선한 길, 그 위에 나를 놓고 아무렇지
도 않게 손을 놓아버리면
찾을 수 없는
길. 누구의 솜씨인지 길은 많이도 만들어졌다

저쪽 그녀는 오지 못하고 이쪽 그녀는 방황하고
갈수록 뭉뚱그린 그림자는 늘어난다.

저쪽 그녀는 갓난 동생을 업고 배가 고파 울었다 하고, 아
이가 더듬더듬
별자리를 찾을 때,

아침의 꽃과 저녁의 꽃이 빈 젖꼭지를 물리는
(너도 아니고 나도 아니고 꽃이 물린 자리)


저쪽 그녀는 기찻길에서 기차에 치여 죽었다 아니 여승이
되었다
아니 환속했다
아니 이쪽 그녀를 그리는 화가가 되었다


무성한 그녀는 어디 있는지 나는 모른다
아침부터 밤까지
무성한 그녀를 위해
무성한 그녀가 되는 일, 기꺼이 내 이름을 바치리다


*잉태한 생명이 잉태하지 않은 생명을 만드는 일이란*
*심오한 일, 거룩한 일*
*(딸이 말하는 세계는 나는 다 알 수가 없다 내가 훨씬 더*
*일찍 죽으므로)*


저쪽 그녀는 여전히 자신의 보따리를 안고 서 있다
"보시오 그것이 쓸모없으니 버리시오" 해도

그것이 최상급 상품인 양 놓지 않는다

그 증거가 놀란 가슴이며, 억지 같은 비명이며
그걸 통틀어 몸 안까지 해맑은 웃음이다

봐, 너와 나 손금이 있는 자리
생각이 없어도 다시 생각해봐, 너도나도 아무도 몰래 태어
났다가
누군지 모르다가

누군지를 줍다가 누군지를 업다가, 너였다가 나였다가
환상이었다가 쌍둥이였다가

끝내는 모른 채, 기찻길 어슬렁거리다
팔도를 헤매다, 그러므로 충분히 세상을 살았네!

그러니 유의해야 해, 더 복잡해지면 안 돼
자화상에 낙서도 안 돼

(아무도 몰래 떠나는 건 잊은 것처럼)

# 그런 날들

내 일기장 속 연월일이 빠진, 단적으로
얼굴이 없어
손발이 없어, 매일 내가 바닥을 쓸고
내가 체벌을 받는 것이라

충실하게, 그때마다 내 유일한 생일이 된다
그러나
어느 방향에서 꽃다발이 오고 생일 노래가 오는지는 알 수
없다
그것이 나의 매력.

더 아파지고 싶고 더 외로워지고 싶으면 충분히 더
나를 이해하려는
긍정의 신호

없는 발에서 내 얼굴을 상상하지 마
없는 손은 그대로 긴 시를 늘어뜨려

자꾸만 밖에서 쏟아지는 별이
나의 사교술.

물감 한 가지씩 쏟아놓고
몸은 없고
문장만 살아 있는 완성된 일기가 나의 애인입니다
그 직관.

실험실의 유리병 속에서 내가 걸어 나와
사내가 문장을 이해하지 못하면 여자는 더 성실히
혼자가 된다

그대의 가장 순결한 것과 불결한 것
그리고 가장 선한 것과 악한 것끼리 짝으로 묶어

그중에 혼자에 기대고
착한 사람에 기댈 수 있게

허용의 시간을 다오
'그것을 즉시 우리가 쓰는 거로 합시다'
소리에 기대

누가 국어사전을 뒤졌으니까, 문법기에서 나는 냄새를
나는 '풀'이라고도 쓰고
'새'라고도 쓰지만

그것은 적어도 우리를 등 돌리게 할 정도는 아니니
나는 그 자리로 돼가지 않고도
살 수 있음을.

# 무제

(나는 공한지다)
그것이 계속 살아갈 대처라고도 생각한다
누군가가 온다 휴식하시라
하고 싶을 때까지
아무 건축물도 만들지 않고 자유롭게 둔다
달리 끼니 걱정도 없이
덧대거나 포장할 필요 없이
다음 날 아침은 말끔해진다
어떤 그림도 없지만
상상하시라!
가끔 도발적인 건, 그것도 생명이거든
몸 외부와 내부의 것에 대해
채우려는 것들이 절로 소멸하고
소멸한 것들이
절로 생성되는 틈과 틈 사이에도
순결이 기본이다
자장가가 들리지 않더라도
실망하지 마라
처음 태어날 문장이 백지라서 좋고
생각 밖의 기쁨을 안겨줄 것이고

나는 첫 아이와 둘째 아이를 만나
사랑이라고 하지
참 신비해, 절망의 비참한 운명에서
건져지는 것도
여름이 흔들리거나 강으로 나간 시간이
사라지고도 나와 친해진다
저물녘도 터전을 가지므로
괜찮아, 누구도 믿을 수 없을 때
누구도 믿을 수 있는
경계가 없는 것도
일반적이지 않은 배려이면서
누군가 거쳐 갔거나 거쳐 올 사람들의
계절이 계절을 버리지 않고
'부재중 전화'라는 문자가 뜬 사이
나는 가고 있었다
아무리 써도 닳지 않으니
더 많은 비유이거나
더 많은 사실이거나, 응원해
우리

# 천문학자의 망원경

그의 상자엔 꽃대가 오르고
한 사람은 여름이다
산초나무를 찾자
한 사람은 노인이다
죽은 자는 위인이다
한 사람은 미래다
그는 본다
별이 점성술을 만든다
검은 도화지에
녹색 가스 덩어리
담장이 수리되고
담쟁이가 오른다
사람들이 걸어왔다
한 사람은 작업을 마쳤다
한 사람은 기도한다
한 사람은 겨울에 태어났다
한 사람은 회색빛 연못가에 서 있다
한 사람이 걸어왔다
딱정벌레가 지구에 왔다

천체의 아침이

어떤 것도 시작이다

어떤 것도 끝나지 않았고


–나는 아이와 식탁에 앉아

흰 우유와

블루베리를 먹는다

# 그의 생이 나의 귀를 통과한다

매미가,
(스치는 중이거나 스친 후의 일관성)

너의 집념과 나의 집념은 다르면서도
너도 살고 나도 살고
(잠 속에 빠졌던 여자, 아이를 낳고 웅크렸던 여자, 새 신
발을 사던 여자, 어느새 훌쩍 커버린 발들)

너의 소리가 나의 귀를 통과한다
너와 나 같은 시간대
한 번은 만나게 될, 그 운명은 염원의 소리라고

사랑이 아닌 것은
슬프지도 않아

언약이라기보다는 신념이라는 생각
한결같은

너는 긴 시간

잃음을, 잃지 않기 위해 소리를 부여잡은 것이고

(울타리 주변에 해바라기를 심는 여자 어떤 불안도 불안이
지 않은 여자 아름답지 않아도 아름다운 여자)


너의 소리가 나의 귀를 통과한다.

# 수석(壽石)


깊고 깊은
내면의 돌에서 피어났군요

매화가 장미가 국화와 목단이 해바라기가……

지상의 시간 저물어가고
많은 사람이 떠나고

그대 신고 있던 신발은 강가로 나갔지요

조약돌, 조개껍데기, 바람, 물새로 기억하다
자연스러이

어때요? 당신의 이웃 이웃들은

(나는 당신과 떨어진 도시에 살아요 고운 숙녀가 시폰 원피스를 입고 걸어가네요. 신호등 앞에서 젊은 연인을 만나고 고전의 벽화가 완성되었어요. 역전 꽃집의 사내가 꽃을 포장하네요. 꽃바구니를 받아든 노인의 멋진 청춘이고요. 인

천 쪽으로 멀어진 전동차 뒤이어 또 달려오네요)


　일상을 사랑하는 일이란, 그런 거군요
　내가 없는 세계도
　우리가 사랑했던 흔적이며


　며칠 후, 나는 화원에 들렀어요
　이것(샐비어 · 과꽃 · 봉선화 · 접시꽃 · 공작초 · 분꽃 · 한
련화) 꽃씨를 사와
　화분에 심어놓고


　이 꽃과 저 꽃
　피기를


　그대들이 심연을 흘러왔듯이

제
3
부

# 청춘

내가
좀 전에 지나왔던,

마트와 꽃집과 음악이 흘러나오는 카페가 있었지

하지만 되돌아가면 내가 사라진 후일 거야.

나는 왔던 길을 찾아가고 싶지만, 그건 오래전의 행운이었
다고

－낯선 이들이 이미 그 말(言)을 준비했겠지.

# '우리'라고 부른다

바람이 이리저리 흔들린다
내가 삼킨 부피는
나를 가지지 않겠다고 하지만

여자를 금기시하는
사내가 얼굴을 보여주지 않으면서
여자를 물고 늘어지는
몹쓸 버릇처럼,

하물며 녹는 입술과 녹지 않는 입술의
불일치가
그의 본질이다

웅얼웅얼 사탕의 입속말, 소문에도 없는 것은
바람에 싣지 마라

소문보다 고독이 낫고
나를 버릴 때마다 남이 되는 게 낫다
아무리 반복적이어도

때로 그것을 참는

내 얼굴을 보여주고 싶지 않아서
고개 숙이고 걷는
내 발이 내 집이라 한다

내 앞에 있는 사람의 웃자란 혼잣말에서
덧댄 소문처럼
들추는 것보다, 아무 일도 없었던 것처럼
그런 서로의 존중이 필요하다

그건 다툼이 되기 싫어서
끝내는 버림받기 싫어서이기도

이해해, 이해할래
타인을 보내고 거역하는
나의 일관성에 대하여

'우리'라는 다인칭
집요히도 공격하는 것 포함, 이후로도
친절한
나의 세계에 대하여

# 막대사탕의 정물

사탕은 빨수록 작아져 거기에
어려운 문자가 아니면서
작은 새가 웅크린 자리
세상으로 나가, 고 싶다

나의 환상이 어떻게 성장하는지
미래에 대한 충분한 함정이
이력이 되는 거라고,
내가 돌아다니던 세상

너의 동료와 나의 동료는 다른 게 아니었어. 같은 길목에
서 희망을 말하던 가련한 아이들이었어. 공장을 다니던 그
소년과 소녀들 내가 좋아하는 사람들이었어. 힘든 가정사를
공감하며 다정한 짝이 되고 말이야.

그것이 단맛의 우울처럼,
이제는 모두가 흩어져 살아
하지만 지금에도 느껴
우리가 웃던 날들이 가장 행복했던 거라고

더 우울하더라도

"미안하다 ─ 참을 수 없이"
달콤하지 않은 생도
더 달콤하지 않아서 가치가 있다고
생각하는 것이

훗날 시인이 된 나의 사상이며,
지극히 나의 유산이라 해도
괜찮다, 나를 위해 파놓은
구덩이, 사랑니 자리

내 생의 주의 깊게 읽어야 할 문장들
웃어보오!
이 통증의 달콤함 빼고

─나의 입천장에서 소곤대는 우주의 별들이여!

# 환유의 주방

한 시대가 퇴색되고 난 후의, 다음 세기의 건축가가 만든
또 다른 장식의 주방에서
(두부를 부치고 김을 굽고 파를 써는 모습이)
고전이 그리우면 단 1%라도 있을 법한

그 집의 여자가 그 집의 아이가, 산다
가스레인지 후드 속으로 빨려 들어가는 연기
그렇듯 사는 일이 아닌 척할 이유도 없고,
사는 일이 크게 빗나가지도 않는다

오늘 나는 자주색 티셔츠 닮은 하얀색 티셔츠를 입었다
시간의 규칙이 살고 수많은 색감이 산다
욕구가 살고 취향도 같이 산다

구워낸 접시 위 자반고등어가 이 끼니를 위해
아주 멀리 떨어진 바다에서부터
종종댔다고 속삭인다

그랬다, 주방은 종일 자신이 환생하는 것을 본다

우아한 손의 여자여!
식탁 위에 올려진 가계부의 단어들이, 또 무엇이
음식을 만드느라 분주해질까

이지적이면서 독립적인, 추상적 인식의
메시지일 거라고도
(아이의 입속에 상큼한 비타민이 든 간단한 캡슐의
느낌도 좋아)

거기에 나는 원한다.
너는 즐겁고도 화목한 시간의 맛있는 식탁이 필수적이어
야 한다
(그 전제의 너에게 저작권이 주어지는 것이다.)

# 행위들

어쩜담, 사랑니는 젊었을 때 빼버렸는데,
늙은 밤은 누구에 미안해하지?

(앵두나무는 썩지 않고 들쥐는 훼방 놓지 않고 달은 침울
하지 않은)
 내 벌거벗은 유전자를,
 로즈메리 진한 향기를 맡은 당신의 체취가
 암울하지 않으려면

 나는 너에 잘 보이기 위해 꾸밈을 계속하고
 그러다 잘못되면 이미지가 엉망진창되지

 정신은 여전히 순결을 흠모하는데도, 천상의 열매 아편처
럼 뒹구는
 몸뚱이, 나는 너의 장례를 치른다
 장례를 치르는 동안(창문에 깃발을 걸어 커튼은 젖고 붉은
표지의 노트가 있어
 서른 장 정도는 습작이고)

 취한다 또 취한다.

언제 내게 달의 내면 꺼지지 않은 '하룻밤'이 올까? 그 하룻밤, 분가루 묻힌
내 얼굴 창백하지 않게

휴지와 분가루 립스틱 자국을 먹으며,
너의 붕 뜬 화장기는 뒷면으로 숨겨
너는 나를 끊임없이 계몽할 수 있다고, 하지만

그대의 목록은 내게 없고 어떤 취향인지도 모르고
살아, 나는

단정해지려 앞머리를 뒤로 넘겨 실핀으로 고정하고
얼굴에 에센스를 발라
눈가에 색조를 넣어

나의 행위는 수시로 인간적 놀이를 하는데,

너의 행위는 산뜻한 표제를 만드는
(그게 가능해질까?)

# 거울이 있는 정물

너에겐 선택이 아니라는 거—너의 동선이 나에게 말한다
나에겐 타인이 아니라는 거—나의 타인이 너에게 말한다


너의 목적과 나의 목적이 같아도 다르고
서로를 놓치면서도 모르는 듯
무심해지는 사이


더 말하면 뭐 해, 하면서도
거울 앞에 앉는 나는 뭐지?


아마도 우리 생에서 가장 맑게 비칠 때가, 언제였거나 언
제일 거라고
　확신은 없다만
　우리의 관계는 지속했지, 계속 지속할 거고


그러네! 침묵하는 시간 속에서도
또 얼마나
시간이 흘렀고, 어떻게나 복잡한 일들이 많았겠는지

편모에게선 젖은 나오지 않아, 그렇듯 기대는 그릇되고 어긋나
술렁이는 것에 대하여

내 순정의 기대를 극한의 기대 끝으로
몰지 않는 것만도 다행이다

서로의 뒤에서 서로에 속삭이거나 혼잣말이거나
서로를 배려했다지만

묘한 관계. 네 주름을 내가 만들었다고 생각하는 것 같아
또다시 미안함에 나는
주름 개선 크림을 따라 바르지

들어갈 수 없는 곳에 들어앉은 생처럼, 그로 어느 한쪽이든
마음을 내리고

계속 긴장 관계를 유지할 순 없잖아

내내 너의 선택이 아니었다는 내가
마음에 걸리기도 하면서

더 고상한 자아로 맞고 배웅하도록, 알게 모르게

나도 노력해.

# 몇 개의 낱말


날마다

새로운 '버튼'이다

나는 그것을 '차용'한다

그것이 '채무'이다

(그것을 시적 언어로 하면 '통증'이다)

# 어색한 미소는 슬프다

빗줄기가 나를 빗속에 가둔다
철창살이야,
내가 무슨 반역을 했지? 묻고는 있지만
그건 서로가 알아먹을 수가 없어
왜 웅크렸지? 눈동자의 단점
비린 바닥 비린 풀 비린 구름
사방 벽이 쿰쿰해
이게 방인가? 수신과 발신이 혼동된다
눈을 뜨는 문장이 눈을 감는다
'너의 몸뚱이가 구차해지지 않으려면
어떤 탄식도 거두라'고
짓무른 바닥이 말한다
자신의 결백과 의지와는 무관하다
나에게 사식을 넣어줘
해바라기 씨앗을,
평균율을 내리고 있는 사이
나의 불평이 줄고
절로 스러지고 있었음을 알겠네!
바닥과 내가 한 덩이이다

어색한 미소는 슬프다

여기서 살아 나가야 하는 거다

어떤 결말이 올까?

단 하나, 유예라는 말은 넣지 말기를

이 시대의 날씨와 시간으로

그쳐야, 그래야만

다음 단락부터는 홀가분해질 테니.

# 무채색의 시간

한 문장씩의 과거가 젖은 물방울처럼
밝지 못했거나
쇳덩이를 이고 있는 것처럼, 무거운 것에서
새는 어두운 숲에 둥지를 튼다
누구를 비판하고 누구를 미워할까?
그것이 문제였죠.
살아야 하는 것이
살아야 하지 않는 것보다 좋아지려면
그런 마음으로는
원하는 내가 되지 않아요
너의 사랑엔 사랑이 없었나, 외골수로 틀어박힌 채
특히나 식성이 다른 사람들이
지린 반찬을 들고 있다
동이 트면 떠나는 사람이 늘어날 텐데,
내가 필요한 사람은 가버리고
남은 해악이 나를 괴롭힐까, 두렵기도
나보다 더 내가
아닌 곳으로 들어가
너의 배설이 나의 배설이 되는

어처구니없는 현상

종종 두통이 온다

머리를 빗겨 내릴 수도 없이

누구의 사람도 되지 못하고

잿빛이 오래도록 지속하면 그런 걸까?

더해 검은 물이 씻겨내려

어떤 모양인지는 알 수 없으나

어느 날 일기에서

"그대의 취미는 뭐죠?

오늘 무엇을 먹었죠?

포도를 조금 샀는데 같이 먹을래요?"

아무것도 아닌 일이라고 생각한 것에서

세상에서 가장 어두운

지면을 벗어날 수 있게 하려면

그대와 나

색조의 범위를 아주 진지하게 고민해야 할

문제이다.

# 어렵다

우리는 서로의 증인이면서
그게 아주 일부야
몸은 하나인데, 마음은 갈래져 있어서
평생을 알려 해도 다 몰라

하물며 자신도 모르는 것이 꾹꾹
어디 어디에 박혀서는

그래서 무책임한 말이 생기고, 다툼이 일어나도
자신은 모른다며
상대에 떠넘기기도 하는 그런 것 말이다

나의 일기의 진실이래봤자 0.0001%나 될까?
그러니 몸을 위해 마음이 고개 숙일 일이다
(마음을 위해 몸이 고개 숙이기는? 어떻게, 불가능해)
생존의 형태로 보면 말이다

신은 하나의 인간에 왜 몸과 마음을 분리해놓았을까?
너를 보는 나와 나를 보는 너

서로를 지배하는 방식이 달라

(아플 때 약을 먹고 배고플 때 음식을 먹는 것과는 행위부
터)
다중적인, 그것을 언어라 하면
이것과 저것의 주관을 잡지 못하는

(매일 몸과 이혼하고 마음과 이혼하는 것처럼)
어렵다, 그 어렵다는

언제나 '어렵다'이다

# 내가 어디로 가는지에 대해선 자연은 말해주지 않는다

회색 도로와 회색 강, 그 변에 새들이 모여 있고
그들은
길에 대해 말하지 않는다

(자줏빛 수국의 입가에서 미소가 퍼지고
산앵두의 붉은 입술 반짝이는데)
그들은
내가 어디로 가는지에 대해서 말해주지 않는다

나는 잠시 죽어 있다
운무가 걷히고
하지만,
내가 어디로 가는지에 대해선 말해주지 않는다

내가 보고 있고 가고 있는 그 이상을
이미, 이 세계는
하나의 망각의 형태일지도

결국 아무것도 있지 않고 아무것도 모르는

그런

상태의, 내가


사라지고 무덤도 사라지리라.

# 장대비 여정

### 1

거세다 빗줄기
보면서도 나는

그렇지 않은 것처럼 살고 싶은데, 세상이 생각보다
어둡지 않고
생각보다 거칠지 않다고

살아 있잖아, 우리
반전의
꽃아

### 2

누구든 나를 벌하지 마!

벌한 후의 벌은
이중적이라

내가 헤어날 수가 없어

아주 열심히 살고 싶은
내가
아주 열심히 벌을 받는다는 것은

가혹해.


3

먼 길, 비의 곡조
감동은 기대하지
못하더라도
더 슬픈 이력은 남기지 말자

(케이크의 생크림이 가라앉고, 과일 주스를 만드는데 믹서
기 소리가 울울하다)

비의 글자들이 떠밀리고

좍좍,
그들의 물기가 흥건히 내 마음에
다 배었다


　4


그들이 어느 마을에
다다라서는
잡담처럼 말하고 있지 않을까?

한 여자가(주스 잔을 들고)
창가에 서서

전혀
아무렇지도 않은 것처럼, 우리를 보고
있더라고.

# 무상(無想)


풍경은 아름답다 장신구는 반짝인다.


그런 욕망과도 상관없습니다
지식과 지성과도 상관없습니다


내가 무엇을 먹고 무엇을 입었건 무관합니다


나는 육체에 구애하지 않고
또한 생존의 보상을 기대치 않습니다


나는 내 정신세계에 자유를 주었습니다.

# 저편의 나날

없어집니다 사라집니다 쉼표 느낌표 물음표 등의
문장부호가
(어쩐 일로 내가 책을 읽다 잠들었나, 잠 끝은 혹 텅 비지
않았던가요?)
분리가 분리에 대해 이해를 해야 하니까, 수학의 문제라기
보다 문장의 이해가 필요할 터
전혀 수긍하지 않는다는
그런 이유의 이유는 곧바로 불능이 되는
(새가 똥을 쌀 때는 운다고는 생각 안 했는데, 그 끝에는
백지를 펼쳤겠군요)
발 한 짝이 발 한 짝을 찾아 헤매던 일
죽은 것들이 죽은 것들을 위해 내가 사라져가는 일
(내가 없어지는 건 남 탓이 아닙니다)
자신이 자신을 빼가고 있는
현실에서 논리적이어서 논리적이지 않은, 그것은 답습할
필요가 없습니다
다만 되돌아오는 길을 만들지 않았을 뿐.
내 앞의 사람 이름 당연히 없습니다
엄마가 아닐 때가 더 엄마 같다 하면 엄마는 집을 나가버리죠

나의 발이 갑작스레

삼인칭의 서술이 될까, 두려운 것도 이 때문이죠

허공과 허공은 이편과 저편이 없는데

늘 이편이 이기고 있다는 생각은 무슨 이유죠?

저편이 이기고 있어도 모르는 게

이편이 이기는 방법이겠군요

신은 덩그러니 하늘에 앉아 무슨 생각을 할까요?

(당신의 한 마디가 기대됩니다)

오 타아인 당신

주홍색 지우개의 흔적 위에 다시 받아 적으며

나의 배설물은 나무 밑에 묻었습니다

초록나무 둥지 새가 내 눈엔 주홍색 알을 낳고 말았습니다

그것은 기적이라 메모하겠습니다

(그런데 이름을 지어주지 않으면 바로 날아가 버릴 겁니다)

방심하지 않은 것이 최선이죠

세상의 문제 감당하지 못하는 것들도 따라갈 겁니다

한편으론 그것을 포용하는 자세가 필요하다는 뜻이죠

나의 이름을, 내가 쥐고 있다는 게

다행이며 참으로 행운입니다 감사하며

점심을 사죠.

점심시간을 지인과 한참 보내버렸군요

시간을 끌어도 시간이 늘어나지 않는다는 것은 알아요

'당신도 나도'

저편의 줄타기는 올 겁니다

그것은 좋은 말은 아니지만 묵과할 수 없죠

한마디로 교훈적이기는 해요

그렇죠? 그래요

저편은 누구나의 것이죠

나는 이편의 확률만을 바라는 옹졸한 짓을 하는 사람은 아니니, 부디 잘 봐 주십시오.


*그런데 그러지 않겠다는 맹세는 어디다 하죠?*

# 전신주의 새가 날아가는 것을 보았다

어느 날 xx 병원에서 건강검진하고 나오는 길에 나는 장례
식장 쪽을 지나쳐 왔다

새가 날아가는 것을 보았다

아, 저들은
임종을 맞은 사람의 길을 인도해 가는 것이리라, 그런 생
각이 언뜻 들기도 하면서—

그들은 자신이 살던 도시를 등지고 떠났다.

제
4
부

# 알기 힘든 슬픈

빗방울을 삭히면 어느 아침나절에 나팔꽃이 핀다
젖은 것을 배웅하지 않아서

그대의 웨딩 베일은 신비스럽고
나는 기다림이 필요하다

그때마다 허공 한 줌씩을 가져와
내 젖은 부위들에 덧붙이는 것, 어떤 날에 어떤 날을 더해
서로 얼마나 이어졌는지
확인하기 전에 꽃이 먼저 핀다.

더 멀리서 누군가, 비행하는 새이거나 혹은 다른 물체이거
나 우리가 살고 있지 않다는 현실을 뚫고
이해의 저편 타인의 저편

내가 진실을 말하면 진실은 더 이상한 진실이 되고 네게
질문을 하는 사람은 나보다 더 이상한 사람이 되지
그래서 우울함이 생겨나는 거야

우물우물 울증의 시금치를 씹으며, 시곗바늘에 맺힌 그 시
퍼런 핏물에 덧붙여
　시큼한 감정에 동요하는 것만으로도 나는
　부정적 현실이 되고 말아

　처음부터 상처는 아니야, 식구 밖으로 떠돌다 진짜 식구가
되기란 힘들다
　식구가 아니어서 행복한 사람의 마음을 이해하는 이를
　나는 기다린다

　내가 쓴 편지를 부칠 주소와 이름이 없거나 모른다 해도,
그림의 방향을 돌려가며
　그중에 꽂히는 시선에 이 시의 주제를 놓고서 결말은 그
이후로 미뤄야 할 듯, 동의하지

　그대와 나 아직 만나지 못했으므로
　내내 시간을 견딜까, 하면서
　한 개의 유전자는 알겠다

젖은 것을 다 배웅하지 않아서, 젖은 신발을 말리는 데 시
간이 필요하다
우주 한 귀퉁이에서 우리는 암수한몸이다.

이 카테고리의 안과 밖을 만든다면
그대는 공감을 누를 텐가?

알기 힘든 슬픈

더 끝까지 있으면 오지 않을 사람의 길목이 오는 사람의
길목으로 바뀔 거라고도 말해본다
아직도 젖은 것을 다 배웅하지 않아서

그대의 웨딩 베일은 신비스럽지.

# 배불뚝이 늙은 여인의 몽타주

이제
나를 젊기 위해 인위로 꾸미지 말아

내가 웃는 20대가 30대로 가고
그 시간은 얼마나 웃고 울었는지는—
40대로 가고—

짐승 울음소리는 얼마나 회전하고, 그 사이
퍼져 있는
잔상

누가 세월을 거부하며
풀밭에서 총을 쏘았는지도

내가 불면이었던 시간은 불이 꺼지고
잠든 시간에 불이 켜져
나를 빼 가져갔는지도

내가

알 수 없는 것, 내가 연루된 것조차
나는 나에 대한 예의가 되고 싶다


모두가
나의 임무이기도


(나는 아침 커피를 마시고 산책을 했어)


괜찮아, 실컷 한번 젊어봤으니

# 겨울날

차가운 달을 통째로 웅덩이에 묻어놓고 뚜껑을 닫았건만, 희생양이 더 필요한지 바람이 창문을 세게 두드린다

살살 두드려야지 언 유리가 깨질라, 나의 겨울은 창문을 보는데도 긴장이다

뒷문으로 새어나간 체온은 헐벗은 나무가 되어 있고, 떠나고 남은 내 얼굴 보고 있으면

그것이 내가 받아야 할 체벌인가도 싶다

남은 시간 더 잘해보려는데, 하지만 나는 희망과 상심을 동시에 가졌지 않은가.

모성은 이미 잠들고 나의 불능은 바깥의 추억을 만들지 못함으로 공허한 여백을 키워갈 뿐이다

내 양말의 무늬에 박힌 벽지를 잘라 뒷벽에 붙여놓고, 흔적도 없는 놀이처럼

입에 오를 수 없는 불문율 기형이 되어가는 너와 나의 촌수

제목이 생각나지 않는, 끝내는 그리운 사람이 그립지 않은 채로 죽는 것인가

계속해서 털양말을 갈아 신으며 겨울이 겨울을 짓고 있었다.

(따뜻한 발을 가진 자와 다시 의형제를 맺고 제삿술을 마시는 뒤탈 없는 주정을 발의 취기로 용서하며 늦도록 혼잣

말을 한다.)

　땅이 얼어버렸으니, 허공에 든 곡조는 모든 시절의 영혼이
리라 하룻밤 순박한 남자를 끌어들여 끈적거리는

　입덧, 나의 체중을 쓰다듬다 하체에 달린 등을 모포를 덮
고서 우리 같이 발가락을 움직여볼까?

　이 계절을 체감하는 동안 나는 너를 가지고 싶다.

# 현실과 가상의 변증법

이 땅의 가로등과 마을의 십자가
종말 이후에도
바깥의 지하철 소리가 들려올

아름다운 유령들, 무덤처럼 쌓아지는
그런 이력들, 또 다른 구성의

폐허의 땅에선 풀이 자라고
꽃나무의 가상법이 현실이 될 수도 있다
나는 꿈꾼다

밤하늘을 날고 아름다운 유령이 있는 곳을,
사과나무 꽃향기 퍼져나
달콤한 열매 속에 찌든

가느란 내 육신의 숨소리, 누가 듣고 있다

팔보다 긴 소매를 걷어 올리고 내가
죽어 있을까 봐, 또 설마

바람은
긴 그림자의 창을 두드린다

나의 사물은 은유를 찾는 방식이다
한밤중에도
그러다 푸드덕푸드덕 새 소리인가

　　나와 나 같은 이가
　　공손해지려 한다.

# 같은 맥락

쓰레기가 가득 든 종량제 봉투를 내다 버린다.
변명거리조차 없다고 딱 잘라 돌아서는
내가 이때는 참 냉정하기는 하다
실은 누가 더 불결을 증오하지?
버려지는 것들이 자신이 아니기를 바라지 않을까.
너의 집은 불결하고 내 집은 깨끗하다
이 접근으로 구분 지은들
내가 낳은 선명한 너, 통째로 나의 방종의 시간
내 배설한 것에 대해 나의 치부에 대해
내가 수장되는데도
보라, 하찮게도 무관심하거나 또는
그것은 마치
내가 불결함을 증오해야 내가 살아남기라도 하듯
결국은 내가 나를 버리는데
나와 같은 의식의 너와 같은 맥락의
매일 너의 행위라며
나의 행위가 버려지는 것 말이다
그리 통쾌해할 일이 아니다 이중적 시선의
그 증거는 어찌할래,

찬찬히 나를 들여다보면 모두가 나이며 내 것이라는

그 의미

내가 화장으로 꾸몄건 꾸미지 않았건

결코 분리될 수 없는 나의 이력

그로 내가 우월적이지 않은 것처럼, 봉투를 묶는

내 손 앞으로는

거칠지 않을 필요는 있겠다.

# 사과가 그림자 속으로 빠지다

늦은 오후. 한순간 내 몸에서
떨어져 나간
우리

끝을 몰라서 끝을 믿는 것인가?
잠이라고 말하지 않아서
잠이라 믿음이 안 생기는 걸까?

정적이 깊어지고, 점점 더
깊이 무덤을 만드는 것처럼,

내가 할 수 있는 일이란 바라보는 것
그리고 돌아서는 것
타인과 타인이 커튼을 치마

오랜 날 붉게 물든 경험이란 게,
지움을 다해 잊어야 하듯

어쩌면 편안하게 길들지 못하면서도

한편 편리한 행위처럼
사라지는 눈빛, 글썽이는 애조

여자와 남자 서로에 대한 믿음
온점이 되고야
영원의 밤이 되고야

나는 욕조에서 사과 한 알을 씻기고
다음 순서의
알몸을 그대로 재운다.

# 사마귀의 이력 하나

너는 모호해, 잡혀도 잡히지 않아도
비겁한 것인지 뻔뻔하고 떳떳한 것인지, 네가 알을 낳는 순간
엉덩이를 걷어차고도 싶고
하나둘 제 살점을 세고 있을, 네 손목을 콱 부서뜨리고 싶
었거든

(단칸방 좁은 부엌에서, 어머니는 바늘로 쿡쿡 자신의 손
과 발에 난 사마귀를 찔러대고 있었다)
네가 잡혀도 잘 떨어지지 않아, 지독스레
오히려 화를 돋운다며 너는 더 싸지르겠지
죽은 듯 이상한 죽지 않은 듯 더 이상한
괴팍한 너 때문에

어머니와 나는 슬프다.
내가 그리는 도화지 속 그림이 너를 닮지 말아야겠는데
너의 풀밭은 어찌나 억센지
어떤 오류들이 겹쳤을까?
사람의 몸에 그만 중독된 알을 싸지르고 말아

네가 미운 만큼 조롱 같은 네 눈깔이 싫고
이 세상 곤궁의 글자들이 싫다
노트를 쫙 찢어 둘둘 말아 내가 무얼 할 것 같으니?
그걸 네 항문에 쑤셔 박아버릴 것이다.


(아침이여, 빗물에 얼룩진 담벼락이여, 좁은 부엌이여, 단
칸방이여)
이 시간이 있게 한 처지를
저 툭 불거진 눈의
고약한 사마귀에 선택된다는 건 정말 싫다


내가 고른 하늘빛
내가 고른 담벼락에서
내가 고른 풀꽃으로 반지를 만들고 싶었어


웅크린 방에서
새벽이면 앞집의 닭 울음소리
그것은 동일한 기회를 주겠다는, 하루하루 관대함을 말하
려다

잘되지를 않아
일상이 불규칙해서 쓰러지는 일


나는 몸이 마비돼 쓰러지고('오늘 밤이 마지막입니다' 의
사의 선고) 수술 비용이 없어 나를 그대로 등에 업은 어머니
는 터벅터벅 용산 철로변을 걷고 있었다. 내 엉덩이를 자꾸
추켜세우는 손, 울퉁불퉁 사마귀가 있는지도 생각 없이, 든
든하고 따뜻한 손이 생명줄처럼 느껴졌는데, 그래서일까 나
는 그날 밤 살아났다


믿음은 내일이 있다는 것이고
얼마 후 그 마당도 그 철길도 벗어나 이사했다
그중 가장 좋은 건
너의
반복적 사고를 버릴 수 있는 것으로 생각했는데,


어머니는 어느 날 길 위에서 돌연 세상 멀리 떠나더라 말
이지.

# 명료한 답

쇼핑백 속의, 내가
여전히 나는
내가 아닌 것들의 소비자이다

내가 되기 위해 가지려는 것도
내가 아니라는
것을

깨닫는데, 긴 시간 필요치 않다

여전히 나는
내가 아닌 것들을 구매하고
쇼핑백 속의, 내가
아닌

그 아닌 것들이 있을 뿐.

# 고장 난 시계

더 가지 않을 테니 더 오지 말라는 뜻이다
누가 실마리를 제공했나?
살면서 가지 말라는 것은 모든 불능을 감수하겠다는 것 아
닌가.

우리의 말과 우리의 발이 두려움을 잡고 있다
오늘과 내일을 망가뜨리고
(고약한 까마귀가 깍깍 무슨 망상의 짓이라던.)

시간이라는 통치, 나의 심장이 멎는 고통
그의 신념이 쉽게 부러지리라고는 생각지 못했다

모든 게 그의 중심이었는데, 모든 게 멈춘 듯
그림자 속으로 발들이 사라진다

나의 일시(日時)에 내가 살아야 한다는 가훈도 보이지 않고
이 사건이 누구의 짓인지
현혹한 장본인도 없다

점심때 파란 사과를 먹었다, 는 어제는 있는데
지금이 어디로 갇혔는지
분해된 흔적마저도 알 수가 없다

끊어진 톱니바퀴를 가지고 다시 생각해도 나는
수리점을 가거나
어디에 탄원이란 것도 불가능해

쉽게 버리면 될 것이라고, 누구도 거들떠보지도 않을 테니
나는 더 가고 싶은데, 어떡해! 너는 더 가지 않을 테니
나도 더 오지 말라는 것인,

(여기서 그의 한마디가 꼭 필요하다.)

# 설원의 화창한 날

북극의 바다표범이
바다 얼음장 밖으로 몸을 내놓고 볕을 쬐고 있었는데,
이누이트 사냥꾼이 멀리서 겨누었다
탕.
사냥꾼의 총소리에 퍽 쓰러지고, 바다표범은 그렇게 한순간
볕과 목숨을 맞바꾸었다

# 물고기, 그들은

바다에서 소곤대며 자랐다

내 눈동자는 비 오는 밤의 달빛이며, 내 지느러미는 눈 덮인 광산의 보석이다
그들은 말한다

내 몸의 자유는 썩지 않는 원소이고, 내가 뱉는 물방울이 하나의 주권이다
(이처럼 우아하고 흥미로운 세상)

평화와 정의가
한 끼도
배고프지 않도록

그들은 말한다

내일도 사라지지 않을 거야

－그들은 바다에서 꿈꾸며 자랐다.

# 워치타임

너의 1분 1초와 나의 1분 1초가
가는 것으로 시작해서 가고 있다

날씨는 계속 바뀌고 나는 셔츠를 바꿔 입지
팔찌가 벗겨지고 손목이 허전해

나를 잡고 걷는 애인은 부담스럽겠다. 그것을 채워줘야겠
다고
혼잣말 하나 새로이 늘었으니

서로의 발소리 걸음을 재고 읽히는 기술, 약속을 하고 약
속을 묻는
그 정도면 되었지

아주 잠시 1초의 잠에서 나는 깨어났다

(진열대의 팸플릿 화단의 작약과 상점의 아이스크림 점자
가 찍힌 책 탬버린 속의 나 자동차 헤드라이트의 번뜩이는
초점과)

너와 나는 멀리 있는 길을 향해
경계를 몇 개 지났는지도 몰라

(너는 환생의 나무였다가 잠자리였다가 돌멩이였다가 바
람이었다가)

1분 1초. 그것이 긍정이었다가
어디까지든 완주의 의지, 그리고 보니
우리는

아득한 연인과 곁의 연인, 동시에 가고 있다

# 흰 눈이 펑펑

지방 어느 요양병원에
문병 다녀오는 길
고속버스 차창 밖으로 눈이 날린다
그는 지금 무슨 생각을 하고 있을까.
멀거니 창밖을 보고 있었던
병상에서,
평생을 다하여 그가 사랑한 생도
우연처럼 만났던 사람도, 앞서 이별한 사람도
저 창밖에서 떠났고
오지 않을 것처럼, 보고 있는 그가
그의 시선이
생 밖으로 가는 듯
떠가는 슬픔
자신마저 잊혀가듯
발치에 걸린 이름과 나이
그것만이 또렷한 채,
한순간 화사하게 미소 지어 보였던
다시 슬픔
그것이

온통 흰 눈이었다고, 말하고 싶은

　흰 눈이 펑펑
　흰 눈이 펑펑

# 없다

농가의 노인이 세상을 떴다
2월 나뭇가지가 앙상하다
앞마당엔 감이 바닥에 썩어 문드러져 있고
가지마다 움은 눈을 감은 채로
더 커지는 빈자리
스산한 바람이 주변을 에워싸고
오른쪽 모과나무의 뒤틀린 가지가 허공에 손짓하듯
뻗쳐보지만, 모과는 썩은 채로 땅에 반쯤 틀어박혔다
뒷마당을 둘러본다
고추를 심던 고랑엔 검은 비닐이 바람에 펄럭, 펄럭거린다
이 아릿한 몸짓!
가마솥이 걸린 터엔 타다 남은 나무가
자신의 잔상에 대해 침묵한다.
장독대 항아리를 열었을 때, 풍겨 나오는
된장 냄새, 검지로 찍어 맛을 보았다
이 맛, 한데
지금 여기 덧없는 시간의 응어리가 섞인 듯
싸하다, 나를 울먹이게 한다.
앞마당엔 들깨 대와 콩대가 묶인 채로 비스듬히 자리한 채

이고,

　주인은 없다. 이제
　분명 없다 하는데도
　저 어디에서 오고 있는 것만 같고
　보는 곳마다 없다, 는 것으로 하기에는
　그냥 슬프다
　현관 앞의 햇살은 밝다
　들판은 고요하다
　이 고요한 생, 무채색의 공기가 나를 서성이게 한다
　아 저기
　전봇대 앞으로 한 여인이 자박자박 걸어간다
　저 삶은 무언가?
　조금 지나 한 노인이 수레를 끌며 지나간다
　저 삶은, 너무나 다른 세상의
　삶은 저런 건데 저러하지 못한, 다시는 오지 않을 거라는
　집

　울컥, 당신이 떠나고 난 후의 풍경이다.

# 습관적 타인을 위한 경고

　그 버릇은 한쪽 양말이 한쪽 양말을 잃는 과정을 모르고도 내가 관여한 격이다 어떻게 네가 내게 그럴 수 있어! 다툼의 일상이란 그런 오해와 불확실을 가졌다 없다, 없어졌다 앎이 앎을 숨기고 모름이 모름을 숨겼다 한쪽 일을 모르고도 한쪽을 잃는 애매하고도 난처한, 빨래 건조대 대가 자꾸 빠진다 그러면서 너는 어떤 대책이 있는지 나의 신뢰를 네가 믿으면 우리는 점쟁이를 찾지 않을 텐데, 새점에서 새는 눈을 감았을까 떴을까. 그 사이에도 한쪽 양말이 한쪽 양말을 놓고 떠났다는 양말 서랍을 열고 자꾸만 양말을 물고 간다는, 그러나 내가 주범이 아니라는 것도 언제든 밝혀져야 해 그러나 어쩌랴, 이 죄가 높이 쌓아져가도 나는 범인을 찾지 못할 것도 같다 세상이 그런 거라고, 누군가는 크게 소리 내 웃고 누군가는 그런 놈은 잡아야 해 하며 눈을 부라리겠지 나의 위기에 다른 위기들이 겹친다 남은 한쪽 버림, 새것을 다시 잃음, 그 뒤의 허함 이것은 조장하려는 의도가 아닌데, 오늘 밤은 주시해야지 몽정의 사내가 무정란으로 내게로 와서 긴 혀로 발바닥의 애무가 길다 취해버린 사이 별무리 총총 반짝, 사내의 얼굴 그 뒤 내 눈을 덮어버리고 마음껏 취하는, 양말의 무늬를 빨아대다 다음 행위는 뭐죠? 사람들은 무리 속에서 자신의 짝에 대한 예(禮)는 있을까? (반성 없는 교화는 이럴 때 필요한) 오히려 그때 나는 그의 눈을 막고 귀를 막고 그의 좋아하는 색깔을 뺏어야지 (한쪽의 시대를 잃는 것) 그로 내 발 한쪽의 운을, 살리는가 죽이는가는 이 찰나에 달렸다 싶다.

# 그 마당

한동안 빼버렸는데, 긴 세월 빼버려졌다

그러네! 내가 웃고 있는 시간은 내가 웃지 않는 시간이래

펌프질에서 물이 쏟아진다 바닥이 깊은 부엌에서 밥을 짓는다 그것은 입안에 나비와 꽃을 키우는 아름다운 방식이래 그런데 찌그러진 그릇에선 내가 자라지 않을 거래 소녀의 옆모습이 따라서 죽고 그 반의 영혼이 젖은 머리를 말리고 그런데도 내 머리에서 썩은 부추 냄새가 난다 머리를 헹구고 남은 비루한 습관처럼.

소녀는 소녀일 뿐인데, 소녀가 없는 마당 붕 뜬 바람이 꽃송이처럼 날아
날개 없는 구름 위에 올려진 기분이다

친구가 찾아온 시간이 가장 좋았는데, 그녀는 되돌아가 결혼을 해버렸다네
집을 찾았었는데 가정을 가진 친구는 웃으며 반겼다

채무도 채권도 없는 순수한 나이에 나는
안 좋은 것들이 많아서
안 좋은 것들이 채워진 마당, 절로 정화될 틈도 없이
어른들의 억센 목소리

밤낮으로 볼 것 못 볼 것 비처럼 쏟아지기도 하고
어른들은 삶인지 죽음인지, 그것을 이끄느라 지쳐가는
그대들! 행군의

거기, 배경의 사물들은 모두가 왜 아린 채인지, 바람에 감
긴 패랭이꽃이 흙먼지에 팔랑 팔랑거리듯, 그래서

한동안 빼버렸는데, 긴 세월 빼버려졌다.

# 완전한 부재(不在)

한 사람은 떠났고

한 사람은 돌아오지 않았다.

작품 해설

# 미정형의 자아에서 주체적 자아로

송 기 한 | 문학평론가

　남영희의『사마귀 이력 하나』는 시인의 첫 시집이다. 이번 시집의 상재가 1998년『예술세계』로 등단한 이후 첫 번째이니 무려 20년만이다. 이런 사실도 매우 이례적인 일이거니와 이 시인의 시집을 읽어내고 독해하는 일도 쉽지 않은 일이다. 이런 난해성은 아마도 두 가지가 그 원인일 수 있는데, 하나는 첫 시집의 상재가 매우 늦은 시기에 이루어졌다는 것이고, 다른 하나는 자아에 관한 정립의 과정이라는 점이다. 이 두 가지 국면은 어쩌면 동전의 앞뒤와 같은 것이어서 뚜렷하게 구별되는 것도 아니다.

　하나의 시집은 유기적인 것이어서 뚜렷한 세계관이 존재하지 않는다면 함께 묶어져 나오기가 쉽지 않다. 부챗살처럼 퍼져나가는 소재나 주제의 다양성으로 한 권의 시집이 만들어지기는 쉽지 않은 까닭이다. 그런 요인들은 아마도 이 시인만이 갖는 세계관의 독특한 구조와 밀접한 관련을 갖고 있는 것처럼 보인다. 이번 시집을 꼼꼼히 읽어보면 시인의 시세계는 하나의 관념이나 주제로 뚜렷하게 자리를 차지하고 있는 것처럼 보이지 않는다. 정립된 자아의 모습은 극히 희미할 뿐만 아니라 시집의 도처에서 산견되듯이 자아는 회색의 빛으로 덧씌워진 채 나아갈 방향을 상실하고 있기 때문이다. 그의 시들이 하나의 시집으로 묶이긴 했어도 자아 고유의 모습은 확고히 드러나지 않고 있는 것이다. 시인은 여전히 과정으로서의 주체로서, 그리고 이를 토대로 글쓰기를 시도하고 있을 뿐이다. 말하자면 글쓰기 자체도 과정으로 드러나고 있는 것이다.

『사마귀의 이력 하나』는 해독을 기다리는 난수표와 같아서 이해의 키를 철저히 숨기고 있는 형국이다. 그러한 까닭에 시인의 작품에 접근하는 것은 난망한 일처럼 느껴진다. 그러나 그런 미로에 안내자 구실을 하는 키가 있는데, 바로 시집의 첫 부분에 실려 있는 시인의 말이다.

삶이 맞닿고 삶이 뒤섞인 곳에서 나는
공한지였고, 그러기를 원했고
아직 몰두하지 않다가
그로 형체 없는 시인이라 한다.

나를 측량할수록 가능하지 않아

다시금 기다릴 수 있는 기회가 있다.
이 요탕(搖蕩)의 맛!

－시의 우주에서 다음의 나도 만나는 거다.

— 시인의 말 부분

　본문의 시편들에 비해 내포성이 비교적 옅은 시인의 말을 읽게 되면 이 시인이 추구하는 시세계로 들어가는 해석의 키를 어느 정도 잡을 수가 있게 된다. 그렇다고 이 열쇠가 시인의 작품 세계를 모두 풀어헤치는 마스터키의 역할을 한다고 생각하면 큰 오산이다. 단지 조그만 힌트 내지 실마리 정도로 생각해 두자. 시인은 시인의 말에서 자아를 '공한지'라고 규정하는가 하면 "공한지가 되기를 원했다"고도 했다. 그렇기에 "나를 측량하는 것이 가능하지 않다"는 것이다. 이를 테면, 서정적 자아는 어떤 형상으로 뚜렷한 모습을 드러내지 못했고, 따라서 서정적 자아는 미정형의 상태로 남아 있다고 해야 할 것이다. 그런 불확정성을 극복하기 위해서 자아는 계속 변신을 거듭해야 한다. 그것을 가능케 하는 것이 바로 글쓰기 과정이다. 다시 말해 "시의 우주" 속에서나 가능한 일인 것이다.

　따라서 시가 없으면 자아의 형성은 불가능하고, 알 수 없는 것이라고 이해한다. 자아 형성은 오직 시를 통해서만 실현될 수 있는 까닭이다. 여기서 세속은 별로 중요하지 않다. "삶이 맞닿고 삶이 뒤섞인 곳"에서 시인은 소외된 존재, 빈 지대였기 때문이다.


　　날마다


　　새로운 '버튼'이다

나는 그것을 '차용'한다

그것이 '채무'이다

(그것을 시적 언어로 하면 '통증'이다)
—「몇 개의 낱말」 전문

시 쓰기는 자아를 모색하고 정립하는 과정이기에 결코 쉬운 작업이 아니다. 자아란 무엇인가에 대한 대답이 쉽게 내려질 수 있는 성질의 것이 아니기에 "날마다/새로운 '버튼'"을 눌러야 하고 시인은 그것을 계속 '차용'해야 한다. 자아를 정립시키기 위한 당연한 수순이 이 과정뿐이기 때문이다. 시인에게 그것은 변제해야 할 '채무'이며, 시적 언어로 하면 '통증'이 된다.

시 쓰기는 시인에게 새로운 자아를 모색하고 발견하기 위한 과정이다. 그러기 위해서는 끊임없는 사색의 과정이 필요하고 그 과정을 대변할 적절한 언어 또한 간취되어야 한다. 그러니 언어의 선택에는 곧 '통증'의 과정이 수반될 수밖에 없는 것이다. 그러나 여기서 갖는 '통증'의 의미는 매우 중의적이다. 탐색이나 발견의 어려움에 의한 고통뿐만 아니라 새로운 자아로 거듭 태어나기 위한 고통의 과정 또한 뒤따르는 까닭이다. 프로이트의 말을 빌리면 '출생외상'과 같은 것이다.

현대에 편입된 인간들은 영원을 상실한 존재이다. 영원이 부재한다는 것은 이 직능을 대신할 새로운 무엇을 찾아내야 한다는 의미이다. 그래서 스스로를 조율해나가야 하는 일이 현대인의 임무 혹은 숙명이 되어버렸다. 이와 더불어 포스트

모던적 사고는 자아라든가 중심에 대한 사유를 철저하게 거부해왔다. 그리하여 "내가 누구인지 자신 있게 말할 수 있는" 사람을 이 시대에 찾아보는 것은 불가능한 일이 되었다. '나'를 찾아가는 여로는 어제 오늘의 일로 그치지 않는다, 그것은 내일 그리고 앞으로도 계속 지속되어야 한다. 현대인이라면 그 지난한 과정은 피할 수 없는 숙명처럼 되어버렸다. 남영희 시인이 이번 시집에서 고민하는 사색의 본질은 이와 불가분의 관계에 놓여 있다. "내가 누구인지 자신 있게 말할 수 없기에" 세속이 춤추는 일상의 현장에서 그는 늘상 외톨이로 남겨져 왔던 것이다. 그러나 소외라는 결핍의 외상은 그 자체로 소멸되지 않는다. 그것은 이를 벌충하고 치유하려는 새로운 에너지를 낳을 수밖에 없고, 그 파토스가 시인에게 시를 써야 하는 당위적 임무를 부여하고 있었다.

> 내 일기장 속 연월일이 빠진, 단적으로
> 얼굴이 없어
> 손발이 없어, 매일 내가 바닥을 쓸고
> 내가 체벌을 받는 것이라
>
> 충실하게, 그때마다 내 유일한 생일이 된다
> 그러나
> 어느 방향에서 꽃다발이 오고 생일 노래가 오는지는 알
> 수 없다
> 그것이 나의 매력.
>
> 더 아파지고 싶고 더 외로워지고 싶으면 충분히 더

나를 이해하려는
긍정의 신호

없는 발에서 내 얼굴을 상상하지 마
없는 손은 그대로 긴 시를 늘어뜨려

자꾸만 밖에서 쏟아지는 별이
나의 사교술.

물감 한 가지씩 쏟아놓고
몸은 없고
문장만 살아 있는 완성된 일기가 나의 애인입니다
그 직관.

— 「그런 날들」 부분

인용시는 제목부터가 예사롭지가 않다. "이런 날들"이 아니고 "그런 날들"이다. 이런 차이는 물리적인 거리뿐만이 아니라 심리적인 간극을 불러온다. 어쩌면 물리적인 측면보다 심리적인 측면이 더 큰 것이라 할 수 있을 것이다. "그런 날들"이란 특정되지 않은 시간들이다. 특정되지 않았다는 것은 대표 단수가 아니라 일반적인 영역에서 의미화된다. 시인에게는 "그런 날들"이 고유하거나 예외적이지 않은데, 만약 그러하다면 자아는 어느 정도 한정되었을 것이다.

"그런 날들" 속에서 서정적 자아가 할 수 있는 일들은 무척 많을지도 모른다. 그렇다고 그러한 날들이 자아의 정체성과 어느 정도 관련이 있다고 생각하면 커다란 오산이다. 여기에 묘사된 묶음들에 착목하면 이런 혐의들은 더욱 짙어진다.

우선 일기장의 경우를 보면, 그것만큼 자아의 정체성에 대해 올곧게 말해주는 것도 드물 것이다. 그러나 시인의 일기장은 그런 정체성의 확보와는 거리가 있다. 여기에 반드시 필요한 "연월일이 빠져 있고", 무엇보다 중요한 자신의 "얼굴이 결락" 되어 있기 때문이다. 생일 또한 그 연장선에 놓여 있다. 생일 이 있기는 하되, 그것은 생물적인 질서 안에서만 유효할 뿐 자아의 정체성과는 무관하기 때문이다. "어느 방향에서 꽃다 발이 오고 생일 노래가 오는지는 알 수"가 없다. 그런 미정형 성을 시인은 "자신만의 독특한 매력"이라고 이해하고 있다.

이런 불확정성이 자아를, 존재를 규정하고 있다. 그것이 인 용시의 주된 주제이다. 그럼에도 자아를 확인하기 위한 도정 이 꼭 부정적이지만은 않다. "더 아파지고 싶고 더 외로워지 고 싶은" 과정이 있기에 그러하다. 이것은 "나를 이해하려는 긍정의 신호"이기도 하다. 그러나 긍정이기는 하되 그것이 어 떤 정체성을 향한 길로 나아가는 정도는 아니다. 시인에게 자 아를 확인하기 위한 뚜렷한 왕도는 없어 보인다.

> 회색 도로와 회색 강, 그 변에 새들이 모여 있고
> 그들은
> 길에 대해 말하지 않는다
>
> (자줏빛 수국의 입가에서 미소가 퍼지고
> 산앵두의 붉은 입술 반짝이는데)
> 그들은
> 내가 어디로 가는지에 대해서 말해주지 않는다

나는 잠시 죽어 있다
운무가 걷히고
하지만,
내가 어디로 가는지에 대해선 말해주지 않는다

내가 보고 있고 가고 있는 그 이상을
이미, 이 세계는
하나의 망각의 형태일지도

결국 아무것도 있지 않고 아무것두 모르는
그런
상태의, 내가

사라지고 무덤도 사라지리라.
　　　—「내가 어디로 가는지에 대해선 자연은 말해주지 않
　　　　　　　　　　　　　　　　　　는다」 전문

　이 작품의 제목이 주는 상징성은 매우 의미심장하다. "내가
어디로 가는지에 대해 자연은 말해주지 않는다"는 것인데, 이
는 기왕에 알고 있는 자연의 의미와는 현격한 거리가 있는 경
우이다. 자연이란 흔히 우주의 이법이나 질서로 사유되거니
와 영원을 상실한 현대인에게 적절한 길을 인도해줄 안내자
로 이해되어 왔다. 가령, 모더니스트의 사유구조를 가장 완벽
하게 수용했다고 알려진 정지용의 경우가 그러하다. 현대가
영원의 상실로 특징지어지고, 이로 인해 현대인들은 인식의
분열, 곧 자의식의 해체로 이해되어 왔다. 그러한 분열에 완
결성을 부여해주는 것이 자연의 궁극적 함의였다. 정지용은

현대인의 분열된 자의식을, 고향이나 가톨릭의 정신세계를 거쳐 '백록담'으로 대표되는 자연에서 찾아내었다. 자연에서 인식의 완결성을 얻은 것은 당연한 일이다. 그것은 섭리나 이법으로 표상되는 까닭이다. 실상 이러한 과정은 정지용이 처음 시도했고, 이후 동일한 정신구조를 지녔던 시인들에 의해 꾸준히 시도되어 왔다.

이런 맥락에서 보면 시인이 보는 자연관은 매우 독특하다고 할 수 있다. "회색 도로와 회색 강"은 현재의 자아 상태를 표명해주는 객관적 상관물이다. 이것들은 현재를 경유해서 미래로 나아가는 길들이 원천적으로 차단되어 있음을 에둘러 일러주고 있는 것이다. 그런데 그것은 단지 환경의 문제에서 그치는 것이 아니라 자아 그 자체를 말해주는 것이기도 하다. 새는 시인의 표현대로 자연을 대리하는 상징들이다. 그러나 질서나 이법과 같은 자연의 형이상학적 의미들은 여기서 더 이상 유효한 관념으로 구현되지 않는다. 그것들은 방황하고 모색하는 자아에 대해 어떤 방향성도 제시해주지 못하고 있는 까닭이다. 이는 「전신주의 새가 날아가는 것을 보았다」에서도 마찬가지의 경우이다. 자연이라는 절대 관념은 자아의 이정표를 만들어가는 시인에게 전혀 도움이 되지 않는 것이다. 하나의 중심으로 모아지지 않는 세상이나 자아는 존재를 정립해내기가 여간 어려운 것이 아니다.

우리는 서로의 증인이면서
그게 아주 일부야
몸은 하나인데, 마음은 갈래져 있어서

평생을 알려 해도 다 몰라

하물며 자신도 모르는 것이 꾹꾹
어디 어디에 박혀서는

그래서 무책임한 말이 생기고, 다툼이 일어나도
자신은 모른다며
상대에 떠넘기기도 하는 그런 것 말이다

나의 일기의 진실이래봤자 0.0001%나 될까?
그러니 몸을 위해 마음이 고개 숙일 일이다
(마음을 위해 몸이 고개 숙이기는? 어떻게, 불가능해)
생존의 형태로 보면 말이다

신은 하나의 인간에 왜 몸과 마음을 분리해놓았을까?
너를 보는 나와 나를 보는 너
서로를 지배하는 방식이 달라

(아플 때 약을 먹고 배고플 때 음식을 먹는 것과는 행위
부터)
다중적인, 그것을 언어라 하면
이것과 저것의 주관을 잡지 못하는

(매일 몸과 이혼하고 마음과 이혼하는 것처럼)
어렵다, 그 어렵다는

언제나 '어렵다'이다

—「어렵다」 전문

삶이 맞닿고 삶이 부딪히는 곳에서 자아를 확증하기 어려웠다고 하는 것이 시인의 솔직한 고백이었다. 인용시는 그러한 어려움이 어디에서 오는 것인가를 비교적 이해하기 쉽게 말해주고 있다. 여기서 '어렵다'는 시어는 매우 다층적인 함의를 갖고 있는데, 그것이 다분히 프로이트적인 것이면서도 세속적인 함의를 갖고 있기 때문이다. 우선 '어려움'은 "몸은 하나인데, 마음은 갈래져" 있는 데서 발생한다. 그런데 왜 그렇게 분리되어 있는가는 알아내기가 쉽지 않다. 그것을 원죄와 연결시키게 되면, 기독교적인 것일 수도 있고, 무의식에 기대면 프로이트적인 것일 수도 있다. 무엇이 되었든 그것이 "평생을 다해서 알려고 해도 모르는" 미지의 영역인 것만은 분명하다. 이쯤 되면 그것에 이르는 길은 거의 구도자의 임무를 요구할 만큼 절대적인 당위의 문제가 될 수도 있을 것이다. 어떻든 어려움의 일차적인 원인은 마음의 분열에서 비롯된다. 단순한 욕구의 반응에서 나오는 것이 아니기에 "무책임한 말이 생기고, 다툼이 일어나도 자신은 모른다며 상대에 떠넘기기도 하는 그런 말"의 혼재 때문에 어려움이 일어난다. 그것은 곧 진실의 부재 때문이기도 한데, "나의 일기의 진실이래봤자 0.00001%도" 안 된다는 윤리적 고백이야말로 이를 증거한다.

그러나 말의 영역은 그러하더라도 육체는 전혀 그렇지가 않다. "아플 때 약을 먹고 배고플 때 음식을 먹을 수" 있는 까닭이다. 육체는 오직 본능에 충실한 뿐인데, 이런 쾌락원칙에 지배되는 세계에서 분열이란 가능하지가 않다. 그러나 인식 주관에 의해 발산되는 언어는 이와 상반되는 기능을 한다. 언어는 다중적인 것이며 그렇기 때문에 "이것과 저것의 주관을 잡지 못하고" 계속 부유하는 까닭이다. "너를 보는 나와 나를 보는 너"에 의해 "서로를 지배하는 방식이 다르기" 때문에 어려움은 계속 생겨나게 된다. 그것은 본능이나 쾌감과 같은 일차원적인 차원이 아니라 마음의 영역, 곧 언어의 그물 속에 놓여 있는 다층적인 차원이기에 그러하다. 뿐만 아니라 자아가 빈 여백의 상태이기에 이러한 어려움은 더욱 크게 다가오는 것일 수도 있을 것이다.

우리는 살기 위해서였을 거야 표정 없이도
그래서 행복했다기보다
더 불행하지 않기 위해서 말이지

구름이 침대 위를 구르며 열린 창문으로
누구의 정물을 볼 수 있을까? 나는 아프지 않다
나는 울지 않는다

그것이 끝내 연민이 돼버리면서……

너는 매일 나에게 침입하고 나를 차지하는데
나는 연약한 상상 또는 자신감을 잃어가면서도
멀어져도 괜찮다 하면서

그대와 나의 모순이 심장을 울컥거리게 하는

아침의 냄새가 나는 노란 치즈 가루를 뿌려 건포도를 넣은
식빵과 따뜻한 커피와
나는 무채색의 우울한 신분이어서

종일 울 수도 있는데, 울지 않기 위해 목숨을 담보하고
간간이 자리를 피하기도 하지

태양 뒤편에서 점성술을 배우고 싶다가
복숭아밭을 지나는데, 오늘 죽음을 맞은 이는
복숭아나무 아래
무덤을 가지는 것, 그 앞에 소주를 놓고는 절하지

해 질 녘 구름이 구릉을 넘고 또 넘는다.

저녁의 냄새를, 과일 샐러드에
요구르트를 넣어
새로운 자아가 생기면 성실히 자아를 찬양하며

내 붉은 희망, 내 붉은 슈트의 감각

서로 다른 장소 서로 다른 시차
한껏 반사되는
풍부한 유산처럼, 저것

그대와 내가 살기 위해서였을 거야

내가 사는 시간과 다른 저 버들잎 사이.

ㅡ「시의 계몽」 전문

 어려운 세상과, 자아는 무엇인가에 대한 사색의 흔적이 만
들어낸 것이 이 시인의 시세계다. 자신을 인도해줄 절대적인
끈이 무엇이고, 또 그것이 만약 현전한다면 시인은 그것을 꼭

붙들어 매고자 할 것이다. 그 목적에 이르기 위해 시인은 시의 우주로 뛰어들었고, 거기서 새로운 자아를 생성해내고 만나려고 했다. 아니 새로운 것이 아니라 처음 만난다고 하는 것이 더 옳을지도 모른다. 시인이 만나는 자아란 화학적 변신에 의한 것이 아니기 때문이다.

인용시는 시인을 위해서 존재해야 할 시란 무엇인지에 대해 말해주고 있는 작품이다. 그래서 작품의 제목도 '계몽'이라고 했다. 자아를 위한 시의 역할이 무엇인지를 말하고 있다는 점에서 「시의 계몽」이라는 제목은 매우 적절해 보인다. 따라서 이것은 시인마다 가지고 있는 독특한 형태의 시론시, 문학관의 표현이라고 할 수 있을 것이다.

여기서 건강한 일상과 아픈 자아는 끊임없는 길항관계에 놓여 있다. 어느 하나의, 다른 하나에 대한 우위성이 뚜렷이 드러나긴 하지만 그러나 시인은 그것을 섣불리 규정하려 들지 않는다. 만약 그러했다면 자아를 향한 사색의 고민은 여기서 끝났을지도 모른다.

이 작품의 주제는 여전히 자아에 대한 새로운 모색이다. 이를 위해서 시인은 건강한 일상을 끌어들이기도 하고 태양이나 점성술 같은 절대 영역에 기투하기도 한다. 자연과 같은 절대 영역이 시인으로부터 작별을 고한 마당에 이런 영역들이 의미 있는 것으로 다가올 리가 없다. 시인은 이미 신과 같은 절대 영역이 이 시대에 더 이상 유효하지 않음을 알고 있던 터이다. 오히려 그가 기대고 있는 것은 통상의 관념과 달리 건강한 일상일지도 모른다. "점성술을 배우고 싶다가/복숭아밭을 지나는데, 오늘 죽음을 맞는 이는/복숭아나무 아래/무덤을 가지는 것, 그 앞에 소주를 놓고 절하는" 공간에 더욱 큰 신뢰를 보이고 있기 때문이다. 시인은 이런 일상처럼 새로운 자아의 탄생을 절대적으로 고대하고 있다. 그리하여 그러한 자아를 위해 찬양하고자 하는 마음의 준비 역시 하고 있다. 이는 "내 붉은 희망", "내 붉은 슈트의 감각"에서 잘 드러나고 있다. 붉다는 것은 열정의 표백이고, 그것이 깔려있는 희망이야말로 "그대와 내가 살기 위한 절대 공간"일 수 있는 까닭이다. 시란 이렇듯 자아를 향한 열정일 경우에만 존재의 의의가 있는 것이 아닐까. 이런 맥락에서 보면 시란 시인에게는 무척 계몽적인 것이라야 하는 것이다.

시인은 자아가 무엇인지에 대해 섣불리 이야기하지 않고 있다. 뿐만 아니라 그러한 자아가 안주해야 할 현실에 대해서도 쉽게 단정하지 않는다. 말하지 않는다는 것은 도출해내야 할 결론이 녹록하지 않다는 뜻이 될 수도 있다. 그래서 시인은 자아와 그러한 자아를 둘러싼 외피에 대해 계속 이야기를 이어간다.

저쪽 그녀는 내가 아닌데 나 같고
이쪽 그녀는 나인데 내가 아닌, 그녀와 그녀는

환상일까? 쌍둥이일까?
전혀 모르는 사람일까? 아니면 엄마가 낳고도 잃어버린
세상일까? 도통 모르겠는데
그녀와 그녀는 산다

내 손금을 보면 어수선한 길, 그 위에 나를 놓고 아무렇

지도 않게 손을 놓아버리면
　찾을 수 없는
　길. 누구의 솜씨인지 길은 많이도 만들어졌다

　저쪽 그녀는 오지 못하고 이쪽 그녀는 방황하고
　갈수록 뭉뚱그린 그림자는 늘어난다.

　저쪽 그녀는 갓난 동생을 업고 배가 고파 울었다 하고,
아이가 더듬더듬
　별자리를 찾을 때,

　아침의 꽃과 저녁의 꽃이 빈 젖꼭지를 물리는
　(너도 아니고 나도 아니고 꽃이 물린 자리)

　저쪽 그녀는 기찻길에서 기차에 치여 죽었다 아니 여승
이 되었다
　아니 환속했다
　아니 이쪽 그녀를 그리는 화가가 되었다

—「저쪽 그녀」 부문

　서정적 자아는 타자에 의해 정립된다. 인용시에서 보듯 '저
쪽 그녀'가 자아의 타자일 것이다. 그런데 "저쪽 그녀는 내가
아닌데 나 같고", "이쪽 그녀는 나인데 내가 아닌" 것처럼 중
간지대에 놓여 있다. 이런 사유는 시인의 진단대로 "환상일
까? 쌍둥이일까?" 아니면 "전혀 모르는 사람일까?"하는 자의
식의 혼란을 가져오게 된다. 그러나 이런 의혹을 계속 제기
해 보지만 뚜렷한 결론이 나지는 않는다. 나는 결국 누구인지

모르고, 명확히 규정지어지는 것 또한 불가능한 일이기 때문이다. 이렇게 불확실성이 지배함에도 불구하고 "찾을 수 없는 길, 누구의 솜씨인지 길은 많이도 만들어져" 왔다. 그렇게 갈래 쳐진 많은 길들이 오히려 자아와 현실을 뚜렷이 구분할 수 없는 회색의 지대로 만든 요인이 되어버렸다.

시인에게 자아를 새롭게 정립하는 것은 무척이나 요원하다. 뿐만 아니라 자아를 둘러싼 외피 또한 뚜렷이 규정되지도 않는다. 외피만이라도 어느 한 관념으로 정립될 수 있다면 자아는 어쩌면 쉽게 한정될 수 있었을지 모를 일이다. 그러나 현실은 그렇지 못하다. 그래서 의문은 증폭되고 질문은 계속 던져지게 된다. 그 의혹은 경계가 없고 끝없이 진행될 것 같지만 궁극에는 어떤 좌표에 결국 이르게 된다. 시집에서 간간히 포착되는 평균율의 정서 혹은 균형 감각이 바로 그것이다.

'오늘 누군가 찾아왔어.'
'오늘 누군가 찾아오지 않았어'가 지워진다

너와 내가 품어야 할 숙제들
너와 내가 발을 맞대고
얼굴을 맞대고

첫 축배와 마지막 축배의
구분 없이

해바라기가 씨앗을 만든다
(질투는 금물)

꿈꾸는 시간과 꿈꾸지 않은 시간이
서로를 부둥켜안고
현실이 완전한 합일이란다

이렇게 오는 것이군
너와 내가
이별 밖의 언약을 하는 날이다

내가
너의 당신이라는
본뜬 가슴에 안겨

그렇게 하면 묶어두기에 편한가

오늘 밖의 누군가 오늘이 되는 거다
내일은 지워져도
영원한 오늘이 되는 거란다

너의 신념은 나보다 더 울적했구나
(밤을 닦으며)

'오늘 누군가 다녀갔어.'
'오늘 누군가 다녀가지 않았어'가 지워진다.

— 「합일」 전문

    제목은 '합일'이지만 그것이 내포하는 것은 우리가 흔히 쓰는 일상의 범주를 뛰어넘는다. 그것은 변증법적 통일이라기보다는 이른바 평균율이라든가 균형감각에 가깝기 때문이다.

"오늘 누군가 찾아왔어"는 일방의 지시어이지만 그것은 "오늘 누군가 찾아오지 않았어"라는 또 다른 지시어 속에 숨겨진다. 한쪽에 의해 다른 한쪽을 벌충하는 이런 전략은 "꿈꾸는 시간과 꿈꾸지 않은 시간이 서로를 부둥켜안고/현실이 완전한 합일이란다"라는 사유와 공통의 지대를 형성한다. 시인은 어느 한쪽의 편이나 전략에 쉽게 이끌려 들어가지 않는 것이다. 하나가 있으면 다른 하나의 존재를 반드시 인식하고자 노력한다. 마치 저울의 균형추와 같은 사색의 표백을 동일하게 이뤄내는 것이다.

　이런 전략은 이른바 경계를 허무는 것이고 초월하는 행위이다. 시인의 작품에서 한쪽의 경계를 올곧이 주장하는 영토는 쉽게 발견되지 않는다. 그는 모두가 함께 공유하는 사유의 지대를 만들어 나가려고 노력하는 까닭이다. 이런 의식은 환상의 전략(「그녀의 환상통」)을 통해서 이루어지기도 하고, "나는 공한지다"(「무제」)라는 직접적인 선언을 통해서 형성되기도 한다. 또한 현실과 가상의 변증법을 통해서 이쪽의 진실과 저쪽의 진실(만약 그것이 진정한 진실이라면)이 뒤섞이는 과정으로도 이루어진다(「현실과 가상의 변증법」). 가상이나 환상의 기법을 도입하되 시인이 한쪽 방향으로 몰입되지 않는 것도 어쩌면 이런 균형감각이 있었기에 가능했던 것이 아닐까. 만약 그러하다면 시인은 기왕의 아방가르드들과는 상당한 거리를 두고 있는 경우라 할 수 있다. 의미나 고정된 틀로부터 해방되기 위하여 환상의 전략만을 일방적으로 붙들고 있었던 아방가르드의 전략과는 분명 다른 의장이기 때문이다.

　시인은 한쪽의 정당성을 인정하지 않고 다른 쪽의 부당성에

대해서도 항변하지 않는다. 그것은 또 다른 필요와 존재 의의
에 의해 고유한 독립성을 유지하고 있다고 보는 것이다. 그것
이 평균율이고 균형감각이다. 그러한 사유를 대변하고 있는
작품이 시집의 제목이기도 한 「사마귀의 이력 하나」이다.

너는 모호해, 잡혀도 잡히지 않아도
비겁한 것인지 뻔뻔하고 떳떳한 것인지, 네가 알을 낳는
순간
엉덩이를 걷어차고도 싶고
하나둘 제 살점을 세고 있을, 네 손목을 콱 부서뜨리고
싶었거든

(단칸방 좁은 부엌에서, 어머니는 바늘로 쿡쿡 자신의
손과 발에 난 사마귀를 찔러대고 있었다)
네가 잡혀도 잘 떨어지지 않아, 지독스레
오히려 화를 돋운다며 너는 더 싸지르겠지
죽은 듯 이상한 죽지 않은 듯 더 이상한
괴팍한 너 때문에

어머니와 나는 슬프다.
내가 그리는 도화지 속 그림이 너를 닮지 말아야겠는데
너의 풀밭은 어찌나 억센지
어떤 오류들이 겹쳤을까?
사람의 몸에 그만 중독된 알을 싸지르고 말아

네가 미운 만큼 조롱 같은 네 눈깔이 싫고
이 세상 곤궁의 글자들이 싫다

노트를 쫙 찢어 둘둘 말아 내가 무얼 할 것 같으니?
그걸 네 항문에 쑤셔 박아버릴 것이다.


(아침이여, 빗물에 얼룩진 담벼락이여, 좁은 부엌이여,
단칸방이여)
　이 시간이 있게 한 처지를
　저 툭 불거진 눈의
　고약한 사마귀에 선택된다는 건 정말 싫다


　내가 고른 하늘빛
　내가 고른 담벼락에서
　내가 고른 풀꽃으로 반지를 만들고 싶었어


　웅크린 방에서
　새벽이면 앞집의 닭 울음소리
　그것은 동일한 기회를 주겠다는, 하루하루 관대함을 말
하려다
　잘되지를 않아
　일상이 불규칙해서 쓰러지는 일


　나는 몸이 마비돼 쓰러지고('오늘 밤이 마지막입니다'
의사의 선고) 수술 비용이 없어 나를 그대로 등에 업은 어
머니는 터벅터벅 용산 철로변을 걷고 있었다. 내 엉덩이를
자꾸 추켜세우는 손, 울퉁불퉁 사마귀가 있는지도 생각 없
이, 든든하고 따뜻한 손이 생명줄처럼 느껴졌는데, 그래서
일까 나는 그날 밤 살아났다
　　　　　　　　　　　——「사마귀의 이력 하나」 부분

온전한 유기체의 관점에서 보면 사마귀는 귀찮은, 아주 이질적인 존재이다. 그렇기에 존재와 사마귀의 집요한 싸움은 시작과 끝이 없을 정도로 계속 된다. 그리고 그러한 싸움에 주변의 사물들까지 함께 참여하여 전쟁터가 되기도 한다. 서정적 자아의 입장에서 보면, 사마귀는 한쪽이며, 다른 한쪽을 보족하는 존재로 결코 감각되지 않는다. 그렇기에 집요하게 그에 대한 부정성들을 늘어놓게 된다. 그러나 사마귀에 대한 일방적인 매도는 항구적이지 않다. 그것은 나의 생명을 되살리는 긍정의 타자로 새롭게 탄생하기 때문이다.

시인은 스스로에 대해서 색깔이 없는 공한지라고 했고, 이를 채우기 위해 시의 우주로 몰입해 들어간다고 했다. 그 선언처럼 시인은 자신만의 고유한 자아를 찾아내기 위해 다양한 모험과 여행을 떠났다. '마네킹이 서 있는' 거리를 가기도 하고, 새들이 놀고 있는 하늘을 응시하기도 했으며, 현실과 환상을 자유롭게 넘나들기도 했다. 이 모든 행위는 물론 새롭게 탄생하는 자아를 맞이하고 이를 찬양하기 위한 도정이었다. 그러한 과정을 시인은 무채색의 시간으로 이해했다.

동이 트면 떠나는 사람이 늘어날 텐데,
내가 필요한 사람은 가버리고
남은 해악이 나를 괴롭힐까, 두렵기도
나보다 더 내가
아닌 곳으로 들어가
너의 배설이 나의 배설이 되는
어처구니없는 현상
종종 두통이 온다

머리를 빗겨 내릴 수도 없이
누구의 사람도 되지 못하고
잿빛이 오래도록 지속하면 그런 걸까?
더해 검은 물이 씻겨내려
어떤 모양인지는 알 수 없으나
어느 날 일기에서
"그대의 취미는 뭐죠?
오늘 무엇을 먹었죠?
포도를 조금 샀는데 같이 먹을래요?"
아무것도 아닌 일이라고 생각한 것에서
세상에서 가장 어두운
지면을 벗어날 수 있게 하려면
그대와 나
색조의 범위를 아주 진지하게 고민해야 할
문제이다.

— 「무채색의 시간」 부분

　삶과 삶이 부딪히는 일상의 공간은 어지럽고 혼란스러운 현장이다. 그렇기에 이곳은 시인의 표현대로 회색의 지대이다. 회색은 일방적인 것이고 이를 헤쳐 나갈 힘이 존재하지 않는다면 항구적인 상태로 남아있게 될 것이다. 그러나 그 간극의 무화가 불가능한 것은 아니다. 이미 시인은 사마귀의 존재를 통해서 불필요한 이타성이란 존재하지 않음을 익히 알아온 터이다. 그 도정은 이 작품에서도 똑같이 드러난다. "세상에서 가장 어두운 지면을 벗어날 수 있게 하려면/그대와 나/색조의 범위를 아주 진지하게 고민해야" 한다는 시구가 그러하다. 여기서 그대와 나는 조화의 범주를 벗어나는 편차를 유지하고 있다. 그 간극이 만들어내는 것은 일탈이며 혼돈이다. 이를 탈출하려면 새로운 질서를 찾아야 하는데, 시의 표현대로 서로의 편차를 만든 색조의 차이를 없애야 하는 것이다, 곧 색조를 조절하는 일이 필요한 것이다. 그것이 곧 균형감각이나 조화의 감각이 아닐까 한다.

여름은 지나갔고 장마가 지나갔고 동굴 안은 축축했다.
하룻밤 출산의 경험으로 내가 가진 전부를 내놓았다.
거실엔 무채색 꽃병이 어울려 처지고 시든 후의 꽃이 다시 필 때까지, 지금 나에겐 부재라는 주제가 어울리고 내 소지품들이 외롭다.

가을이 지나갔고 낙엽이 지나갔다. 동굴 안은 침묵했다.
박쥐가 살아내려고 눈을 반짝였다. 낙엽 밑에 숨어 있던 내가 잠시 몽환적 꿈에서 깨어나더라도 예쁘게 봐줘!
시를 읽으며 내 양식의 맞춤법을 수정하는 내가 기특해, 몰두하며 나의 신의를 쌓는 것.

벽에 걸린 아침이 오늘을 거듭하다. 나는 자꾸만 손꼽고 싶어. 없는 아인데도, 태몽의 숫자가 자꾸 늘어. 그대와 내가 사랑을 하고도 없어지는 것을 막아라. 여덟 번째 아이는 아홉 번째 아이를 위한 선 의식이고.

겨울은 지나갔고 태풍은 가버렸고 동굴 안은 고요했다.
꽁꽁 언 몸의 사슬이 풀리듯 부드러이 시간은 흘러가고
나는 지루하지 않으며, 거기에 아무것도 예측이 안 되는 날에도 불길하지 않다.

(빌라 입구의 통로는 막히지 않았고, 나는 마트에서 작
은 종을 사다 문에 달아놓았다)


봄은 지나가지 않았고, 나비와 잠자리는 무작정 떠나지
않았고


동굴 안은 반짝였다. 거기 깊숙이 스탠드가 켜져 있다.
— 「아침의 사상」 전문


 시인에게 균형감각은 관념의 감옥에 갇혀 있지 않은데, 그
것이 탄생시킨 것이 아침의 긍정적 정서이다. 시인은 인용시
에서 스스로의 처지를 무정형의 동굴에 비유하고 있지만 동
굴은 결코 부정적으로 현상되지 않는다. "봄은 지나가지 않았
고, 나비와 잠자리는 무작정 떠나지 않았"기 때문이다. 뿐만
아니라 "동굴 안은 반짝였다. 거기 깊숙이 스탠드가 켜져 있
기도" 할 정도로 매우 긍정적이다. 자아와 자아를 둘러싼 환
경은 이렇듯 무척이나 건강하고 희망적인 모습으로 구현되고
있는 것이다.
 아방가르드적 성향의 시들에서 흔히 발견되는 비정상적인
해체의 정신이 남영희 시인에게서는 발견되지 않는다. 환상
과 현실을 자유롭게 넘나들고 경계에 대한 뿌리 깊은 불신을
함의하고 있음에도 불구하고 시인의 시정신은 이토록 건강하
게 남아있고 또 발산되고 있다. 그는 현실을 비관하지 않고
자아 또한 해체의 늪으로 결코 밀어 넣지 않는다. 시인은 스
스로를 무정형의 상태, 공한지라고 했지만, 새로운 자아를 발
견하고 비워졌던 그 지대를 순결한 자의식으로 채워나가려고

한다. 환상과 초월이 만들어낸 비정형의 공간을, 아름다운 현
실적 공간으로 차곡차곡 만들어가고 있는 것이다. 그 아름다
운 도정이 이번 시집의 커다란 주제일 것이다.

# 사마귀의 이력 하나

## 남영희 시집